致青春 127

降落我心上

（中）

翹搖　著

高寶書版集團

目錄
CONTENTS

第十三章　副駕駛座

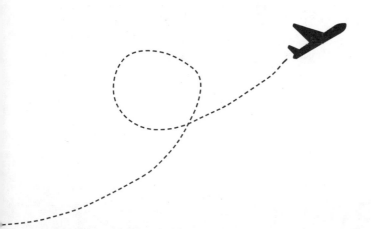

阮思嫻揚著的手還僵在半空，腦子裡半晌沒回過神，縈繞著亂七八糟的情緒。有震驚、有驚悚、有內疚，還有一絲……心疼。

那一道耳光聲說大不大，卻吸引了周邊的客人，紛紛轉頭看過來。

然後接二連三，幾乎全酒吧的客人都看了過來，交頭接耳，八卦的興致十分濃厚。

卞璿從這巨變中回神，手邊正好有冰塊，立刻拿抹布包起極快地衝出來遞給阮思嫻。

阮思嫻心臟還砰砰跳著，看見卞璿的動作，也沒多想，抬手就要去幫傅明予敷一下臉頰。

可是他卻偏了下頭，躲開了冰塊，直直地看著阮思嫻。

「妳解氣了嗎？」

聽到傅明予第二次這樣問時，阮思嫻原本已經冒到嗓子眼的解釋又被壓了下去。

她舌尖抵了抵下頷，沉默片刻，點頭道：「嗯，解氣了。」

「好，我們兩清了。」傅明予沒有多餘的話，甚至也沒有多餘的眼神，直接轉身走了出去。

卞璿沒看明白這走向。

「不是，妳剛剛為什麼不跟他解釋啊？妳沒有想打他啊，是個誤會啊！妳在幹什麼啊？他可是妳老闆啊！」

耳邊是卞璿的嘮叨，阮思嫻卻還看著傅明予的背影。

直到他關上門了，阮思嫻才說：「我跟他解釋，說我打錯人了，我不是想打他，然後呢？我們這事就沒完了。」

卞璿似懂非懂地點頭，「那妳承認了，這件事就算澈底過去了？」

「對。」

阮思嫻也是這時才明白，原來傅明予之前突然對她轉變態度，應該是知道了那樁事。

只是這個人自傲慣了，從沒想過跟她道個歉。

不過這些日子以來，他對她的縱容，其實也算是一種特別的道歉。

而且她發現自己好像已經不生氣了，但這件事似乎又沒有一個明確的斷定點，與其這樣糾纏不清，不如讓這一巴掌作為一個契機，以前的事情就澈底翻篇。

「反正在我這裡是過去了。」

卞璿是想了半天也沒想明白她是什麼意思，看了眼時間，揮手趕人：「算了算了，妳趕緊回去休息吧，明天不是還有航班嘛。」

阮思嫻確實累了，拿起包準備回家。

然而她一推開門，卻看見傅明予還站在路邊。

傅明予的司機送鄭幼安回家了，大晚上的，他懶得再打電話叫人來接他。

他抬頭看著遠處的車流，而阮思嫻這個角度，恰好能看見影影綽綽的燈光下，他臉上的巴掌印十分顯眼。

「……」

我這一巴掌這麼厲害嗎？

等車的路口就那麼一個，阮思嫻也只能站到那裡去。

感覺到旁邊多了一個人，傅明予回頭看了一眼，兩人目光交錯，卻不知道要說什麼，於是又默契地移開了視線。

一股尷尬突然完完全全籠罩了兩人。

盛夏夜濃，晚風帶著灼熱感，露天站了這麼一下子，阮思嫻感覺身上已經開始出汗。

好在終於等來了一輛計程車。

司機在兩人面前停下車，探頭問：「搭車嗎？」

傅明予轉頭說：「妳先？」

阮思嫻：「你先吧。」

她說話的時候，目光還往傅明予臉上瞟。

傅明予別開頭，不給她看。

「妳先。」

「你先吧，我可以再等等。」

一個打了一巴掌，一個挨了一巴掌，竟然還在這裡謙讓，也是挺魔幻的。

兩個來回後，傅明予面色平淡地點了點頭，拉開車門上車。

「去名臣公寓。」

司機說好，但又朝外問：「美女，妳去哪？名臣公寓順路嗎？」

阮思嫻想，傅明予這時候大概不太想見到她吧，於是搖頭道：「您先走，我再等車。」

司機「哦」了一聲，正要踩油門，傅明予卻透過車窗，遙遙望過來。

看了那麼兩眼後，他開口道：「一起走吧。」

他的聲音很輕，幾乎是氣音，還帶著些疲憊感，阮思嫻是憑口型猜出來的。

「好。」

一路無話，直到回到公寓進了電梯，兩人也沒什麼交流，密閉的空間裡，比在計程車上更尷尬。

只是他們並肩面對電梯門站著時，阮思嫻又不小心看到鏡子裡傅明予的臉。

這人的皮膚是不是也太白了點，五指山竟然這麼明顯。

回到家裡，阮思嫻又累又餓，脫了鞋子便往洗手間走。

正要脫衣服洗澡時，她瞥見洗手檯上一瓶精華液。

是她一直喜歡用的精華液，針對皮膚修復，功能很明顯。

想了想，她拿著這瓶精華液走了出去，經過廚房時，還順便提了一桶冰塊。

但是她站到電梯門外，才想起自己進電梯的時候倒是看見他按了十六樓，但卻不知道他住幾號。

她直接傳訊息給傅明予。

阮思嫻：『你住幾號？』

等了幾分鐘，他都沒有回訊息。

阮思嫻又問了柏揚，很快得到答案。

兩分鐘後，她按響了一六〇一的門鈴。

走廊裡很安靜，阮思嫻低著頭，看著自己的腳尖，又想到傅明予臉上的五指山。

他多高傲的一個人啊，可能在監視器看到是她就不會開門。

這個想法剛成型，面前的門卻「喀嚓」一聲打開了。

傅明予已經換了一身寬鬆的衣服，站在門口，瞧清了阮思嫻手裡的東西，目光再次回到她臉上時，眼神裡有些難以描述的複雜情緒。

「來看我這個傷患？」

「……」

阮思嫻也不否認，直接把東西遞給他：「你敷一下，明天會好很多。」

冰塊倒是算了，傅明予看向另一隻手，「這是什麼？」

「修復精華，效果很好的。」

傅明予扯了扯嘴角，拿過她手裡的冰桶，淡淡說道：「我不用那個。」

隨即轉身回屋，門沒關，阮思嫻便跟著他進去，並說道：「真的很有效果的，我親測！」

傅明予腳步一頓，回頭看她，皺眉道：「妳經常被人打？」

阮思嫻：「……不是！我們以前有些航線高空輻射很嚴重，我的臉會泛紅。」

傅明予直接把冰桶擱在茶几上，坐到沙發上，鬆散地靠著軟枕，臉上沒什麼表情。

「那妳幫我擦。」

阮思嫻只是短暫地怔了一下，便直接走到沙發旁，在傅明予身邊坐下。

而傅明予看見她這麼坦然地湊過來，反而有些不自然。

他緊抿著唇，別開了臉。

阮思嫻自顧自打開瓶子，擠出濃稠的液體攤在手心後，用另一隻手的食指沾了點，輕輕往他臉上抹去。

只是指腹觸及到他的皮膚時，阮思嫻的動作還是頓了一下。

這麼明顯的掌印，短時間可能沒辦法完全消除，他一個總監，明天還怎麼見人。

感覺到她的異樣，傅明予轉頭看向她，睇了睇眼。

「怎麼，心疼了？」

這人怎麼回事？

「沒有。」阮思嫻立即說道，「我只是在想，我也不是斷掌啊，怎麼力氣這麼大。」

傅明予鼻腔裡輕哼了聲。

阮思嫻再次沾了點精華液，一點點，一處處，仔細地塗抹他的側臉。

夏夜蟲鳴起伏不斷，一聲聲穿過窗戶，伴隨著傅明予的呼吸聲傳進阮思嫻耳裡。

她力道很輕，輕到像是撓癢癢，傅明予忍了幾分鐘，實在忍不住，皺了皺眉。

「我太用力了？」

傅明予沉吟片刻，「沒，妳繼續。」

阮思嫻「哦」了一聲，下手卻更輕了。

傅明予的眉頭始終沒鬆開，連呼吸也漸漸急了些。

阮思嫻見狀，動作又又又輕了。

最後傅明予實在忍不了了，開口道：「妳是在塗藥還是摸我？」

阮思嫻：「……」

她突然稍微用力戳一下他的臉，「你說呢？」

傅明予「嘶」一聲，咬牙看著阮思嫻，「妳還是女人嗎？」

「我要是男人，這一巴掌下去，你可能會死。」

傅明予忽然一笑，湊近她面前，沉聲道：「妳要是男人，我會這麼縱容妳？」

這一剎那，兩人的距離極近，能清晰地聽到對方的呼吸聲，也能看見對方瞳孔裡倒映的自己。

阮思嫻想著他那句「縱容」，被他暗啞的聲音念出來，細細碾在耳邊，久久不散。

阮思嫻感覺，他不是在表達自己有多紳士，而是對她，只是對她，闡述兩人之間的事實。

她沒辦法開口反駁這句話，因為這確實是事實，但她也不知道怎麼回答。

幸好，她的肚子解救了她。

——及時地發出「咕咕」兩聲。

第二天清晨，阮思嫻早起執飛，下午返航，回家的時候在時候門口遇到幾個同事，他們在閒聊，今天飛行計畫部的月例會竟然推遲了，具體原因不明，但好像是傅明予的安排。

阮思嫻聽到的時候，下意識看了看自己的掌心。

真的不是斷掌啊。

又過了一天，阮思嫻再次聽說，這個月簽派部的例會也取消了。

她愣了愣。

不是吧？傅明予的臉這麼嬌貴，還沒好？

直到第三天早晨，開完航前協作會出來時，遠遠瞥見了傅明予的背影，才鬆了一口氣。

看來已經好了。

她這次航班又搭了范機長，開完會後便和乘務組一起去吃早餐。

桌上，大家閒聊幾句後，阮思嫻提到自己下週排到一次教員帶飛。

成為副駕駛之後，為了累積飛行經驗，公司會根據航班情況為他們安排飛行教員帶飛。

到時候，阮思嫻就可以坐在駕駛座執飛，旁邊則是飛行教員，全程監督指導並保障本次飛行。

在這之前，阮思嫻也排到過教員帶飛，所以這次不太激動，只是隨便提了一下。

范機長也是隨口一問：「飛哪裡啊？」

「臨城。」阮思嫻說，「這條航線我比較熟。」

「熟是熟，可是有教員在一旁還是不一樣的。」

范機長雖然已經當了二十年機長，但是偶爾遇到教員抽查，或者教員為了方便，臨時加個機組乘到他的航班，他也會緊張。

「那妳看過這次是哪個教員嗎？我看看我認不認識，要是認識的話我讓他多照顧照顧妳。」

阮思嫻回憶了一下，說：「我不太記得名字了，好像姓賀？」

范機長張著嘴想了想，「賀蘭峰？」

「嗯對，就是這個名字。」

「他？」范機長驚詫，直接放下筷子，「妳確定是他？」

「是啊，怎麼了？」

「妳運氣太好了。」范機長說，「這位教員可不簡單，空軍出身，成績卓越，退役後來世航，那時候世航剛成立機隊，他挺厲害的，是當時的第一任首席機長，技術可是沒幾個人比得了的，我記得有一年，因為塔臺指揮失誤，他駕駛的飛機和另一家空客三二〇空中相近，差點撞上，當時連空管都被嚇暈了，是真的暈過去了，結果他硬是扭轉了局勢，避免了一場空難，那時候還被航空局表彰了。」

范機長說起來，一桌的人都豎起耳朵聽。

「而且這位老前輩厲害就厲害在，人家做什麼都是最好的，後來轉了教員，教學成果也一騎絕塵。」范機長說著說著嘆了口氣，「不過他後來女兒生病了，想多在家陪女兒，所以想要跟他飛就很難了，而且當時誰要是排到他帶飛，都要炫耀炫耀的，大概四五年前吧，我好像聽說他被聘請到國外的飛行學院去當教員了，我以為他不會出現了呢，怎麼突然又回來帶飛了……」

本來阮思嫻激動的情緒都過了，但是范機長這麼一說，她又興奮了起來，完全不在意他的疑惑。

「是不是十二年前那次空中相近？我看新聞了，原來就是他啊！」

「嗯。」范機長見阮思嫻眼裡全是期待，又沉下聲音說，「不過他也是出了名的嚴厲，有一次帶飛副駕駛，沒飛好，他直接把人發落去飛本場五邊了。」

本場五邊也是一種帶飛方式，不過卻不執行航班，而是在機場開著空飛機練習起落。沒有副駕駛願意走這麼一遭，因為這就代表你技術不行。

旁邊一個新空服員嘖嘖兩聲，「教員還有這麼大權力啊？」

「且不說教員有沒有這麼大權力。」范機長笑了下，壓低聲音說道，「妳知道人家是誰嗎？傅總的舅舅，傅董的小舅子，想把機長發落回副駕駛都只是一句話的事。」

說完，他又轉頭看阮思嫻，「所以妳運氣好是好，不過也一定要注意，他很嚴厲的，要是犯了低級錯誤，小心妳也只能去飛五邊。」

阮思嫻連連點頭：「我肯定好好表現。」

因為這件事，阮思嫻一整天的心情都很好，下午返航時，拉著飛行箱悠哉悠哉回家，等電梯時還哼起了歌。

「我要飛得更高——飛得更高——狂風一樣舞蹈——掙脫懷抱——我要飛得更高——飛得更高……」

但是電梯門打開那一刻，阮思嫻縹緲的歌聲戛然而止。

傅明予站在裡面，手裡提著一袋藥，戴著口罩，懶懶地看著她。

「空管允許妳飛得更高嗎？」

阮思嫻：「……」

她默默走進去，跟傅明予並肩站著，兩人沒什麼交流。

電梯緩緩上行，阮思嫻瞄了傅明予的口罩兩眼，又看了看他手裡的藥，問道：「感冒了？」

傅明予垂眸看她一眼，沒說話，而是摘下口罩。

「妳覺得我這樣去開會，見我的下屬、我的員工，很刺激？」

阮思嫻：「……」

不是吧，三天過去了，傅明予臉上竟然還有隱隱的印子。

她的五十公斤臂推還真沒白推，引體向上也沒白做。

阮思嫻看著他的臉，沉吟片刻，低聲問道：「是不是很疼啊？」

傅明予似笑非笑地說：「疼，疼到我這輩子都忘不了妳。」

你看這人，嘴上說著「我們兩清了」，但實際行動表明他還是很記仇的。

阮思嫻覺得自己跟傅明予還是不能說超過三句以上的話，不管是以前還是現在。

所以為了雙方的身心健康，她選擇保持沉默，不然她不能確保自己會不會一時激情口吐芬芳。

不過在上電梯時，她看了傅明予手裡的藥袋幾眼，半透明，能看出裡面有幾盒藥。

所以說你是直男吧，臉上有印子吃藥有什麼用，還是要外用品最有效。

「我給你的東西你是不是沒用？」阮思嫻說，「你怎麼就這麼不相信我呢，吃藥肯定沒有外敷有用。」

傅明予瞥她一眼，看起來很不想說話的樣子，半天才吐了三個字。

「腸胃藥。」

哦。

難怪感覺他今天精神不太好，原來不是被她一巴掌打壞了，而是腸胃出了問題。

回到家裡，阮思嫻翻了下外送軟體，看了一圈下來，發現附近的店都吃膩了，沒什麼胃口，便打算自己下個廚。

冰箱裡沒什麼菜，倒是有許多司小珍給她的冷凍餃子，阮思嫻拿一包出來，燒開一鍋水，下了十個餃子。

但是正要把餃子放回冰箱時，她突然想起今天傅明予手裡拿的藥。

腸胃問題，大概是經常吃飯不規律導致的。

她想到這裡的時候，已經在考慮再多煮一碗餃子。

可是當看見開水裡的餃子得意的沉浮時，阮思嫻卻突然清醒。

自己還沒吃飯呢怎麼就飽了沒事做，為什麼要擔心他有沒有吃飯，他想吃飯了只需要一通電話多的是人幫他跑腿。

最終她只煮了一碗餃子。

十五分鐘後，滾燙的餃子出鍋。

她餓到不行，拿碗盛出來端到桌上，卻發現醋沒了。

絕了。

她也是這時才想起，上週她拿剩下的半瓶醋清理過下水道。

目前只有三個辦法，一是自己下樓買，二是找跑腿，三是上樓借一瓶醋。

餃子已經出鍋了，並冒著熱氣。阮思嫻衡量一下三種方法，似乎只有最後一種能在餃子涼之前吃進嘴裡。

嗯，她兀自點了點頭，並傳訊息給傅明予。

阮思嫻：『你家裡有醋嗎？』

那邊倒是回得很快。

傅明予：『？』

阮思嫻：『醋沒了，借點？』

傅明予：『自己來拿。』

阮思嫻美滋滋地準備出門，但換鞋時，她心念一動，又問了一個問題。

阮思嫻：『你吃飯了嗎？』

傅明予：『還沒。』

行，還是念在那一巴掌威力太猛的情況下，阮思嫻決定先把這一碗餃子讓給傅明予。

然而她端著這碗熱氣騰騰的餃子站到傅明予家門口時，發現傅明予的司機也提著一個食盒過來了。

兩人四目相對，阮思嫻突然明白了什麼。

同時，門「喀嚓」開了。

司機先阮思嫻一步，遞上食盒，「傅總，您的晚餐。」

傅明予接過食盒，又看向旁邊的阮思嫻。

目光在她手裡的餃子上蕩了蕩，開口道：「不是借醋嗎？」

「嗯，對啊。」阮思嫻目光坦然，「我端上來倒一點就走。」

傅明予沒說什麼，讓她進了門，司機則自行離開。

「醋在廚房，妳自己去找一下。」

「哦。」

阮思嫻端著碗走進傅明予的廚房，打量了一圈。

行，同一個公寓，同一棟樓，戶型還真是天差萬別。

上次來的時候她沒注意看過，原來每棟的一號這麼大，連廚房都比她的客廳大。

恒世礦業有限公司實錘了。

不過傅明予的廚房大歸大，東西很齊全，卻完全是新的，連調味品都是未開封的。

阮思嫻找到醋的時候還特地看了一下食用期限。

還好，沒過期。

這時，傅明予走進廚房拿雙筷子，經過阮思嫻身邊時，說：「拿走吧，我平時用不上。」

「不用。」阮思嫻說，「我倒一點就行了。」

說完她便拆了外面的包裝，捏住瓶蓋隨手一擰。

咦？這麼緊？

她又加了點力氣，還是沒擰開。

一瓶醋老娘還解決不了了？

阮思嫻扭了扭脖子，握緊了瓶身，手上一使力，就在瓶蓋要開的時候——她卻看見傅明予看她的眼神有點異樣。

那種感覺怎麼說呢，阮思嫻覺得他滿臉都寫著「這他媽還是個女人嗎」的疑惑。

再聯想到自己那一巴掌五指山至今還有影子彌留在他臉上，阮思嫻的手不知不覺鬆了，心裡琢磨著如何自然又不做作地擺出一副自己擰不開的表情。

「擰不開？」

不等她表演，傅明予就看出來了。

阮思嫻點頭：「嗯，這個太緊了。」

傅明予頭歪著，低頭看她，「那妳一拳砸開它啊。」

阮思嫻：「……」

還真的不把我當女人看哦。

她吸了吸氣，告訴自己，這個人道歉了，妳也打他一巴掌了，別再罵他了。

「傅總，我是個女人。」

傅明予「哦」了一聲，「那妳用妳的小粉拳砸開它啊。」

「……」

忍個屁。

「我用小粉拳砸了你的腦袋！」

阮思嫺一腳朝他小腿踹過去，可惜這狗男人好像知道她會使用調虎離山之計，嘴上說著要打人，動的卻是腿。

他側身靈敏地躲開了，同時還順走了她手裡的醋瓶。

他輕輕一擰，瓶蓋開了。

阮思嫺安靜無言。

他把瓶子遞過來，掀了掀眼簾，眉尾微揚，阮思嫺感覺他似乎要拆穿自己假裝擰不開的事情了。

阮思嫺抬頭看著他，等他得意開口。

「妳不是喝醋會吐嗎？今天想減肥？」

「……」

這一刻，阮思嫺發現，她總是想打這個男人，其實不是因為幾年前那事。

而是因為這個男人只是非常單純的、純粹的——討打。

討打到她今晚的夢裡都出現了他。

她夢見她來到了海邊。

這裡天很藍，陽光很明媚，海水很清澈，海風很溫柔。

她看見傅明予也在那裡。

她衝上前踹了他一腳。

靠，腳好痛，這王八殼真硬。

次日清晨，阮思嫻比平常早起了一個小時。

聽說了本次帶飛教員賀蘭峰的事蹟，她特地下樓晨跑一圈，希望以最好的精神面貌去見這位教員。

只有一點，聽說他是傅明予的舅舅，希望傅明予的性格不是家族遺傳。

可惜天不遂人願，阮思嫻還沒到簽派部，路上碰到幾個機師，有人聽說今天帶飛她的是賀蘭峰，就跟她聊了幾句。

他們說這人嚴厲，還不是簡單的嚴厲，他非常擅長從多個角度對副駕駛進行靈魂拷問。

比如有一次帶飛，副駕駛看錯了高度表，到了空域高度還在拚命爬升，賀蘭峰就突然問副駕駛：「小夥子，你帶氧氣瓶了嗎？」

副駕駛：「沒、沒有啊，怎麼了？」

「沒帶氧氣瓶你還敢往外太空飛呢？」

聽這個故事的時候，阮思嫻還看到遠處玻璃長廊裡出現的傅明予的身影。

好，看來就是家族遺傳。

阮思嫻幫自己鼓了鼓氣，去辦了飛行任務書，拿了當天的航空氣象報，到航醫和空管處簽名蓋章後去了會議室。

她是第一個到的，會議室裡還很安靜，她心無旁騖地看飛航圖，直到乘務組的人來了才抬起頭。

還沒打招呼，另一個人就進來了。

大家紛紛轉頭看過去，來人穿著制服，身材高大挺拔，儀表堂堂，神采英拔，一看就是跟傅明予是有血緣關係的人。

不過他連臉上的皺紋都寫滿了「嚴肅」兩個字。

會議室裡都是女生，瞬間氣氛肅穆起來。

而賀蘭峰走進會議室，一眼看到阮思嫻，又看到她的制服，那一瞬間有些驚訝。

不過幾秒後，他似乎想到了什麼，竟然低著頭笑了一下。

一屋子的人有點茫然。

不是傳聞這個教員特別嚴厲嗎？特別難搞嗎？怎麼一來還沒說話就先笑了？

大家不懂，也不敢問。

賀蘭峰也發現自己似乎有些失態，拳頭抵著嘴咳了聲，「嗯，開始吧。」

整場協作會下來，阮思嫻開始懷疑自己聽到的傳聞。

這位教員不是挺和藹挺好說話的嗎？

協作會全程沒有打斷她，還誇了兩句她飛航圖看得認真。

「走吧，過去吧。」

賀蘭峰端起水杯喝水，門外突然過來一人，敲了敲門，站在那裡說：「今天機組名單有變化。」

所有人看過去，那人說道：「今天傅總要去奚城參加會議，但是那邊大霧，航班飛不了，所以他先飛臨城，你們這趟航班時間合適，他和柏祕書加個機組鎖座。」

賀蘭峰一口水嗆到，彎腰猛咳，阮思嫻湊過去幫他拍背：「您沒事吧？」

賀蘭峰搖頭道：「沒事，有點驚訝。」

阮思嫻不知道這有什麼驚訝的，經常有空勤人員出差，加機組是常有的事情。

不過阮思嫻想到剛剛看乘客名單時，這趟航班只有一個客艙空位，傅明予和柏揚要擠著坐？

門口那人看出了阮思嫻的疑惑，又說：「傅總加駕駛艙。」

阮思嫻：「……」

行吧，他想拿到合格證持有人特別批准進駕駛艙很容易，因為他自己就是合格證持有人。

只是當傅明予坐到駕駛艙後排時，阮思嫻還是覺得氣氛很奇怪。

她沒想到竟然有一天會碰上傅明予坐在駕駛艙的情況。

帶耳麥時，她往後看了一眼，他臉上的掌印已經完全消失了。

而傅明予面色平靜，接住阮思嫻的眼波也沒有什麼表情變化。

另一旁的賀蘭峰總是回頭去打量傅明予，笑咪咪的。

「怎麼跑駕駛艙來了啊？」

傅明予平靜地說：「奚城大霧，航班飛不了。」

他不欲過多解釋，事實就是這樣，能正常飛，誰樂意曲線救國，而他舅舅要怎麼多想他也管不了。

賀蘭峰確實是故意打趣傅明予的。

他參加機型改裝培訓後還沒開始正式帶飛，然而傅明予卻主動跟他提了一下，說要幫他排個班。

平時這種事情哪裡用得上傅明予親自過問，賀蘭峰就想，這次的副駕駛多半是他很欣賞的機師。

然而見到阮思嫻的那一刻，作為男人，他明白了。

傅明予在駕駛艙內很安靜，一句話都沒說，因為他一上來就閉眼睡了。

此時的阮思嫻檢查準備單，沒有說話。

本來發現賀蘭峰其實很好相處時，她的緊張感已經全部打消了，可是自從傅明予進來，她發現自己好像又沒那麼自在了。

嗯，他是老闆，誰被老闆看著工作不會緊張呢？

見阮思嫻眉頭緊緊蹙著，賀蘭峰笑著問：「妳是不是特別怕我？」

「嗯？」阮思嫻抬頭道，「沒有啊。」

「我看妳挺緊張的。」

「教員在，連機長都會緊張。」

「我看是他們說我壞話了，不過妳放心，我對女機師很和藹的。」他笑了笑，何況還是不一樣的女機師。

阮思嫻點點頭：「嗯，謝謝。」

說完這話，賀蘭峰回頭看了傅明予一眼。

很好，還在睡覺，似乎完全不在意一樣。

準備全程，賀蘭峰幾乎沒怎麼說話了，全部交由阮思嫻操作。

直到飛機推出時，他才嚴肅開口道：「在起飛滑跑中，由於風的影響，也要向下風面抵舵，不過不要輕易去壓杆，只需在離陸瞬間，風大時稍有向上風面壓杆的意識就行了，多了反而擾流板要升起，影響飛機性能及操縱。」

阮思嫻點頭道：「記住了。」

「離陸後，飛機會自動形成偏流角，注意坡度修正。」

「好。」

「到時候注意將視線從外轉移到駕駛艙內中，目勢橫側不要帶坡度，進入儀錶也不要帶坡度。」

「好，明白。」

「好，我就大概說這些，接下來妳操作，我看著，有問題問我。」

阮思嫻戴上耳麥，與塔臺聯絡，很快，飛機進入跑道，開始助跑，賀蘭峰也專心致志地注意著阮思嫻的動作。

推背感襲來的瞬間，傅明予緩緩睜眼，視線落在阮思嫻身上。

他能看見阮思嫻的側臉，也能看見墨鏡後她的眼神。

她專注地看著儀錶盤，與塔臺溝通，神情嚴肅，臉上沒有一點化妝品的痕跡。

但此時的她，有一種獨特的魅力，傅明予從未在別人身上見過。

飛機在高速助跑，風馳電掣，而看著眼前這個操控著飛機的人，傅明予感覺自己胸腔也慢慢脹了起來。

離陸瞬間，阮思嫻唇角淺淺彎起。

傅明予目光久久不離，心跳在那一刻漏了一拍。

他深吸一口氣，卻好像很難順暢的呼出來。

半小時後，飛機進入巡航狀態。

賀蘭峰解開肩部安全帶，活動一下筋骨，說道：「不錯，妳這次起飛很完美。」

能聽到這位教員一句誇獎，阮思嫻怎麼也掩不住笑意。

賀蘭峰又忍不住回頭去看傅明予，「你怎麼一直睡覺？不給你的員工一句評價？」

傅明予睜開眼睛，淡淡掃過賀蘭峰，「有你在，我哪裡有評價的資格。」

賀蘭峰輕哼一聲，突然對阮思嫻說：「妳有沒有男朋友？」

聽到這個問題，傅明予眼皮一跳，眉頭皺了起來，可惜前面的人根本不會注意到他的臉色。

阮思嫻愣了一下，「啊？」

「我隨便問問啊。」賀蘭峰說，「我們這個年紀就喜歡聊這些。」

「噢……」

怎麼那些同事沒跟她說這位教員在平飛的時候還喜歡講八卦。

「沒有啊。」

「那妳要抓緊啊。」賀蘭峰說，「解決個人問題最佳時期就是副駕駛時期，以後當上機長太忙了，那可就不方便了。」

「哦……記住了。」

「回頭我也幫妳物色物色。」

「噢……謝謝……」

「謝什麼謝，小事。」他躊躇片刻，瞥了傅明予一眼，「妳看我外甥怎麼樣？就後面坐的這個，長得帥吧，還年輕有為，單身哦，妳考慮考慮他做妳男朋友怎麼樣？」

阮思嫻幾乎想都沒想就說道：「我覺得不怎麼樣。」

駕駛艙內突然沉默，並且陷入詭異的尷尬中。

賀蘭峰摸了摸鼻子，訕訕地轉過頭，準備換個話題緩解尷尬。

就在這時，身後那人輕輕嗤了一聲，「我做過妳男朋友嗎？妳怎麼就斷定我做妳男朋友不怎麼樣。」

阮思嫻覺得好笑：「我評價一個冰箱製冷效果怎麼樣還非得親自進去凍兩天是嗎？」

「是。」

當那個肯定的「是」字落下，清清楚楚地傳到阮思嫻耳裡，她才感覺到她和傅明予剛剛的對話有多不對勁。

連賀蘭峰也斜著眼睛覷他們。

男女之間即便是初次相見的關係，被人硬湊一下都會變得尷尬，更何況阮思嫻和傅明予成天抬頭不見低頭見的，話題往這方面一扯，氣氛就莫名其妙變得微妙了起來。

況且這樣的對話並不是第一次出現，阮思嫻記得她曾經問過傅明予，你想做我的男朋友啊？

不過當時傅明予沒有回答，而她提出這個問題也是一時賭氣，並沒有當真。

現在，傅明予好像就差明擺著說「妳做我女朋友試試看就知道我怎麼樣了」。

當想明白這一層，阮思嫻自然而然的閉上了嘴。

但是當意識往那方面飄的時候，就變得有些不受控制，一些毫無邏輯的念頭冒出來，在腦子裡亂蹦。

她發現，當那一巴掌打過去後，自己對傅明予的壞情緒好像清檔了一樣。

沒那麼討厭，甚至許多時候還挺好的，尤其是他的脾氣，好像特別特別好。

除了對她的無理取鬧無限度容忍，很多時候，他所做的事情似乎早就超過了普通的男女相處的界限。

比如非要去她家裡吃晚飯，比如陪她去派出所，比如那天晚上因為她一則訊息就去酒吧找她。

阮思嫻甚至還回想到電梯裡他站在她面前擋住狗的這種小事。

她這時候不帶情緒濾鏡去看待傅明予，才反應過來原來早就不對勁了。

想著想著，阮思嫻看了主儀錶盤一眼，上面冰冷的資料及時拉回她的神思。

她皺了皺眉，一臉冷漠地說：「教員還在這裡，你別亂說話，不然即便你是老闆我們也可以命令你離開駕駛艙。」

傅明予舌頭抵著腮幫笑了下，扭頭看窗外。

賀蘭峰撇著嘴抖了抖眉毛，也不再說話。

一時之間，駕駛艙安靜了下來。

駕駛艙門「叩叩」兩聲，座艙長打了ＰＡ進來。

賀蘭峰清了清嗓子，接了ＰＡ，並說道：「大家喝點東西吧。」

駕駛艙門打開，座艙長進來，問道：「傅總、賀蘭教員、阮副，要喝點什麼嗎？」

阮思嫻和傅明予異口同聲道：「咖啡不要糖。」

空氣凝滯了片刻，賀蘭峰憋笑，「我看你們還挺有默契的。」

下飛機後，柏揚已經安排好司機，同傅明予直接前往奚城。

清晨的大霧到了中午還沒消散，高速公路上的車流停滯不前，柏揚時不時看手錶幾眼。這段時間傅明予因為飛行品質監控改革這事長期熬夜，飲食不規律，腸胃出了問題，醫生囑咐一定要按時吃飯，但是看現在的情況，在會議之前是趕不上一頓午飯了。

偏偏今天是國際進口博覽會，世界各大廠商前來招標，涵蓋飛機引擎、航空器材、特種車輛、客艙設備、機上娛樂節目等，是今年恒世航空重要專案之一，預計又是一整個下午的會議。

如柏揚所料，兩個小時後，他們壓著時間到達會議中心。

與會人員與廠商代表已經就位，現場人滿為患，卻安靜有序。

工作人員引著傅明予前往第一排的ＶＩＰ席位，桌面擺著傅明予的名牌，他落座後，周圍與會人員陸陸續續上來寒暄。

一隻隻手伸過來，伴隨著對方的自我介紹，一個接一個沒停歇過。

直到會議臺上主持人開始測試麥克風，最後一個交談的人才離去。

傅明予坐下理了理袖口，面前又伸過來一隻手。

抬眼一看，目光隨即懶散地撇開。

「你怎麼來了？」

「什麼叫我怎麼來了？」宴安在傅明予身旁坐下，把桌上的名牌轉了個方向對著傅明予，「我當然是代表我們北航來參會的。」

宴安的出現在傅明予意料之外，卻也在情理之中。

以前這樣的博覽會，宴家是不會讓宴安作為代表出席的，通常是宴董親自出馬或是其特助上場，但是今年宴董身體不大樂觀，宴安再遊手好閒，於情於理都說不過去。

傅明予無心與宴安閒談，一個眼神回應便已足夠。

而宴安也意興闌珊，看了ＬＥＤ螢幕上的內容兩眼，興趣不大，還不如跟傅明予閒聊。

「聽說你最近在做飛行品質監控改革？」

兩人平時雖然不太合，但是在工作上，兩家關係深厚，他與宴安向來和平相處。

「嗯。」

自從前段時間俞副駕所執行航班備降撫都後，傅明予便開始著手做一件事。

他提出由世航開始，進行飛行品質監控全面改革，推翻沿用了二十餘年的準則，這在航空公司裡不是祕密，同時激起千層浪。

但宴安並不意外，這件事早晚會有人來做，只是沒想到會是跟他差不多大的傅明予，「你怎麼突然想起做這個了？」

傅明予面色平靜，似乎是在講一件無足輕重的事，「從我上任那一年就想做了，前段時間一個副駕急性膽囊炎備降事件是一個契機。」

傅明予說得輕巧，然而宴安不是不明白這事有多難。

ＱＡＲ引入的飛行品質監控早期確實對於機師規範運行起到了積極正面的作用，並且讓起步的航空公司有了管理的範本。

但是近年來QAR的濫用後果越來越明顯，而這些影響已經遠遠大於它的正面意義。例如頻發的擦機尾事件，以及去年某飛機落地時候只剩二十分鐘左右油量的事件，幾乎都可以指向了QAR的管理和處罰已經本末倒置。

究其原因，竟是因為機師擔心受到QAR處罰，因而把一個簡單事件惡化到嚴重事件。在不少人看來，QAR應該用於技術分析和輔佐訓練，而不是讓安全監察部門用來處罰機師。

但卻難以有人真正走出這一步，因其根深蒂固的使用歷史與權威性，想要改革，就拿要出更有說服力的試行方案。

宴安持著悲觀態度搖了搖頭：「何必呢，吃力不討好，你玩不過那群固步自封的老古董。」

傅明予盯著LED螢幕，目光清亮，語氣裡卻十足的強硬，「話別說太早。」

他說完的同時，會議也在這時候正式開始。

近六個小時的會議到結尾時已經是宴安忍耐的極限，他扭著脖子，眼皮沉得上下打架，轉頭一看，傅明予倒是一直沒出現倦態。

臺上的人開始說結束致辭，宴安百無聊賴拿出手機翻了翻，打開社群軟體就看見世航官方帳號一分鐘前更新了一則動態。

他裝出一副辦公的樣子，點進去看，是世航今年飛行學院全國巡迴招生啟幕的宣傳發文，同時附上了九張圖片。

最中間那張，他一眼便看出來是阮思嫻。

打開大圖看了許久，他忍不住，拿著手機問旁邊的人：「你們公司這宣傳照，有沒有原圖？」

傅明予目光一寸寸上下打量宴安，隨後別開頭，淡漠地開口：「沒有。」

宴安早就習慣了傅明予的態度，也沒說什麼，繼續玩手機。

可是幾秒後，他回神過來，剛剛那句話的語氣不對勁啊。

他感覺到了什麼，放下手機，叩了叩桌子。

「傅明予。」他挑眉，一字一句道，「我早就想說了，你是不是喜歡阮思嫻？」

「是。」

意料之中的肯定回答，連一點猶豫都沒有。

宴安氣笑，張了半天嘴，竟不知道該說什麼。

「傅明予，你真的、真的……」宴安真的不知道該說什麼，冷靜了一下，回想起之前的事情，突然又笑了。

就阮思嫻對傅明予那態度？

好歹跟自己還溫和有禮，對傅明予簡直就是……

「傅明予，阮思嫻對你什麼態度你不清楚嗎？你湊什麼熱鬧？」

什麼態度？

就像那一巴掌一樣，打過了，臉上的巴掌印消失了，兩人的恩怨也澈底一筆勾銷了。

但每每想起她，心裡有時候會刺一下，有時候又癢一下。

與其這樣不上不下，不如把它牢牢握住，到時候就知道她到底是變成一根針扎進去，還是化作一處柔軟躺在心底。

傅明予揚眉斜睨著宴安。

同樣的語氣，同樣的一句話。

「話別說太早。」

「哈啾！」

此時此刻，員工餐廳的阮思嫻突然打了個噴嚏。

打菜阿姨問：「妹妹感冒了？」

「沒有。」阮思嫻擦擦鼻子，「可能有人在背後罵我吧。」

她打好了飯，端著餐盤找位子。

傍晚的員工餐廳比平時人多，除了空勤，還有許多行政人員也來吃飯，這時候竟然沒什麼空位了。

找了僅剩的一張桌子坐下，勺子卻不小心掉到地上。

阮思嫻彎腰去撿，剛伸手，勺子卻被另一隻手撿起來。

她抬頭一看，岳辰笑咪咪地站在她面前。

「小阮，巧啊。」

自從阮思嫻上次在倫敦偶遇他，一起吃了個飯，兩人再也沒有私下聯絡過。回來後，兩人不同機型，沒有合作的機會。而且他現在跟江子悅在一起，阮思嫻更刻意避嫌，偶爾在公司遇見，除了必要的招呼，一句多餘的話都不說。

畢竟江子悅知道岳辰以前追過她，少些接觸就少些瓜田李下的事情。

不過伸手不打笑臉人，這種時候，阮思嫻只能禮貌地笑笑，「巧。」

岳辰把撿起來的勺子放到一旁，問道：「這裡沒人吧？」

阮思嫻搖搖頭，「你今晚的航班嗎？」

「對。」岳辰坐下，目光不經意在阮思嫻臉上打量了一圈，問道，「妳今天飛哪？」

阮思嫻言簡意賅：「臨城。」

「噢，我老家。」

兩人就這樣有一搭沒一搭地聊著，有一點若有似無的尷尬，不過都被對方完美的掩飾過去了。

「對了，年底我結婚，回頭發個請帖給妳。」岳辰說了半天，這才是他的重點。

「恭喜啊。」阮思嫻挑著餐盤裡的辣椒，語氣輕鬆，「幾月份？」

「十二月七號還是八號，我老是記不清。」岳辰說著就笑了起來，「回頭刻身上得了，不然每次問起來回家都要挨罵。」

阮思嫻也笑，不過她是笑果然這世上還是有浪子回頭一說，她是怎麼都沒想到岳辰這麼花心的男人居然被江子悅收拾得服服貼貼的。

兩人各自笑各自的，不在同個頻率上，直到一個副駕駛端著盤子經過，輕輕咳了一聲。

岳辰抬頭，不明所以地看著這個副駕駛。

他擠了擠眼睛，朝右邊努嘴巴。

岳辰心裡有不祥的預感，往那邊看去，果然見江子悅黑著臉站在門口。

岳辰心裡默默罵了句倒楣，跟阮思嫻說了聲告辭便端著盤子走了。

門口，江子悅穿著制服，等著岳辰朝她走來。

她已經在這裡站了將近十五分鐘了，而岳辰竟然一直沒發現她，目光完完全全黏在阮思嫻身上。

兩人也不知道在說什麼，笑得可開心了。

她跟岳辰吃飯的時候怎麼不見他笑，只知道低頭打遊戲。

「吃完了？」江子悅冷眼看著面前的岳辰，「怎麼不再多吃點呢？」

「妳成天在說什麼。」岳辰平時最煩江子悅這個語氣，就因為他以前女朋友多，現在見到他跟女人說話就要問上半天，「妳等一下不是要飛嗎？趕緊吃飯。」

「我吃什麼吃啊，她吃飽了就行了，我不用吃飯。」

岳辰不耐煩地看著她，「妳莫名其妙生什麼氣？我現在不能跟女同事說兩句話？」

「那也要看是什麼女同事，她跟別人一樣嗎？」

「行，隨便妳怎麼想。」

「隨便我怎麼想？你讓我怎麼想？跟人躲在角落裡吃飯怕誰看見呢？」

「我他媽要是怕誰看見還會跟她在餐廳吃飯？我們不知道出去吃？妳成天這樣有病吧。」

岳辰語氣重，腳步更重，拔腿就走。

江子悅追上去扯著他的袖子，「你什麼意思啊？是不是早就耐不住了，心癢癢了吧？還喜歡她是吧？我知道你們男人就是得不到的才是最好的，岳辰，你別忘了你是要結婚的人了。」

「妳神經病啊。」岳辰連話都懶得說，拔腿就走。

而江子悅等一下有航班，沒辦法追上去吵出個結果，轉頭看著還在慢條斯理倒餐盤的阮思嫻。

其實從阮思嫻回來的那一天，她就沒有睡過一個好覺。

一是害怕阮思嫻知道當年她傳出去的謠言，找機會報復她。

二是因為岳辰。

當年岳辰對阮思嫻求而不得這件事一直是她心裡一根刺，她太瞭解岳辰了，花花腸子多得很，只要不看著他就管不住自己撩騷的嘴，何況是他沒追到的人，成天抬頭不見低頭見，所以最近她只要有空就查崗，常常查到岳辰跟她吵架還停不下來。

可是這怎麼防得住。

當她看見岳辰和阮思嫻有說有笑時，這幾個月積累的所有危機感全在這一刻爆發。

偏偏阮思嫻倒完餐盤出來，還笑著跟她打了個招呼，「妳來找岳機長嗎？他剛剛走了。」

江子悅冷著臉說：「我知道。」

見她表情奇怪，阮思嫻也懶得再說什麼，直接離開。

但是沒走幾步，身後的人叫住了她。

「怎麼？」阮思嫻回頭，「還有事？」

江子悅深吸一口氣，努力讓自己的臉色和語氣足夠平靜。

「小阮，我們都清楚岳辰以前追過妳。」

阮思嫻不走了，慢慢轉過身，等著她的下文。

「但是我們要結婚了，所以——」她抬頭直視阮思嫻，「希望妳能跟他保持一下距離。」

阮思嫻極力想忍，但還是忍不住笑出聲。

「姐，妳放心，妳的寶貝我以前看不上，現在更看不上，妳就好好捂著吧。」

這樣羞辱性的語言配上那副笑顏，江子悅怒極反笑，冷哼著點頭：「是，普通的機長哪配得上您，您眼光高，您還坐什麼副駕駛座啊直接坐傅總車裡的副駕駛座啊。」

阮思嫻扯了扯嘴角。

尷尬。

我還真的坐過。

第十四章　飛機模型

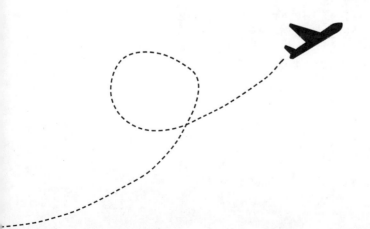

「哈啾！」

走出餐廳，阮思嫻又打了一個噴嚏。

她這次確定，肯定有人在背後罵她，多半就是江子悅。

這人也是神經病，叫她離岳辰遠一點。

她做什麼了嗎？

這大半年來她見到岳辰就躲著走，連話都沒說過幾句，還要她怎樣？以後不著陸了成天在天上飛是嗎？

真想跟岳辰有點什麼即便在天上飛也可以無線電聊兩句。

說白了還是太看得起自己的男人，以為是什麼寶貝，別人看一眼都想搶。也不想想岳辰在世航是什麼風評，誰不知道他，想正經過日子的女孩誰敢跟他結婚，也不怕婚後直接省了買帽子的錢。

阮思嫻覺得自己剛剛就不該那麼直接的表達想法，應該擺出一副楚楚可憐的模樣對她說：「對不起哦，我沒想到妳會誤會，我跟岳機長沒什麼的，我們只是一起聊聊天敘個舊，以後我儘量注意和他少接觸，妳千萬別因為我和他有什麼嫌隙。」

只需要這一段話，保證她今晚雞飛狗跳睡不著覺。

不過現在這樣也好。

阮思嫻知道其他同事都陸陸續續收到請帖了，一直擔心江子悅會礙著情面也送上一份。

現在知道她這麼忌憚自己，還撕破臉了，就不用擔心了。

這說明什麼呢。

這說明江子悅正在用另一種方式讚美自己的美貌。

阮思嫻想這些的時候，還不知道自己正在網路上承受一波直接又粗暴的誇讚。

『現在宣傳片還請模特兒拍嗎？不能用自己員工嗎？』

兩個小時前，宣傳文剛發出來，有人在下面留言這麼一則，小編專門出來回覆：『不是模特兒哦，這是我司的機師。』

於是平時留言寥寥無幾的官方帳號立刻留言破千。

『機師姐姐！我可以！我可以！』

『請問招募考核標準有顏值這一項嗎？如果有的話，我不來了。』

『姐姐太美了吧，快告訴我航班，我要去坐！』

『果然是在天上飛的，這是天上的仙女吧！』

『行不行啊……女司機都讓人夠害怕了，女機長的飛機能坐嗎？』

『呵，有些屌絲還看不起女人，你媽生你就是為了讓你歧視你媽的？你自己不撒泡尿看看讓你去當機師你當得了嗎？哦不對，我忘了機師不收殘疾人，腦殘也算殘疾哦。』

『另外幾位機長我也可！有人指路帳號嗎？』

經過一晚的發酵後，貼文被分享了上萬次，「世航女機師」不動聲色地爬到了熱搜榜前二十名。

阮思嫻早上醒來，手機差點卡掉。

平時無人問津的社群帳號一下子湧入各種留言與私訊，粉絲也迅速漲了好幾千。被這麼多陌生人誇，哪個女人能不高興呢。

阮思嫻樂顛顛地截圖，正要傳給卞璿和司小珍她們看，螢幕卻突然被一通來電打斷。號碼她沒存，但知道是誰打來的。

接通電話後，阮思嫻沒說話，那頭也沉默了片刻。

『阮阮，今天世航官方帳號上面那個女機師是妳嗎？』

阮思嫻還坐在床上，盤著腿，歪著頭「嗯」了一聲。

董嫻的聲音一下子軟了，『妳怎麼沒跟我說過？我一直以為妳還在做空服員。』

「妳也沒問我。」

電話裡傳來董嫻吸鼻子的聲音，『阮阮，妳實現了自己的夢想，媽媽很開心。』

阮思嫻聽了，心裡沒什麼波瀾，也沒什麼想說的。

她們每次打電話都是這樣，總是無端沉默。

董嫻也不明白為什麼阮思嫻慢慢就變成這樣了，對她特別冷淡，有時候甚至還有一點敵意。

『阮阮，妳今天生日，我做飯給妳吃吧。』

「不用了。」阮思嫻說，「我約了朋友。」

數不清是第幾次拒絕見面，董嫻本已經習慣了。

但是今天不一樣，網路上的照片讓她許久回不過神，更不敢相信那個對她沉默寡言的女兒變化這麼大，她特別想見一見她，『那我送蛋糕給妳行嗎？』

「我朋友會訂蛋糕給我，唉，先不說了，我要工作了。」

董嫻吸氣，長長地嘆了一口氣，『好，我不打擾妳了。』

掛了電話，阮思嫻又躺下去繼續睡覺。

而另一邊，阮思嫻一躍成為世航宣傳部ＫＰＩ錦鯉後，官方帳號趕緊趁著熱度發了第二波宣傳文案，非常有心的多配了幾張阮思嫻的照片。

傅明予翻看著社群留言，面色平靜，卻冷不防輕笑一聲，「還真是人見人愛。」

柏揚在一旁接嘴：「不瞎的都愛。」

傅明予看他一眼，對方立刻眼觀鼻鼻觀心，假裝什麼都沒說。

他又點進阮思嫻的帳號，看了粉絲數一眼，吩咐道：「告訴宣傳部，適可而止，別過度消費她。」

「好。」

柏揚說完就要去做，傅明予又叫住他，「東西都搬過去了嗎？」

「安排人搬了，今天下午應該就弄好了。」

傅明予點頭，柏揚轉身走了出去。

與此同時，傅明予的手機進來一通電話。

他皺了皺眉，有些詫異，不知道董嫻為什麼會突然打電話給他。

「阿姨，有事？」

『不好意思打擾你一下，我是想請你幫個小忙。』

「嗯，您說。」

『今天世航宣傳上面那位女機師，你能告訴我她今天的航班資訊嗎？我找她有點事。』

「不好意思阿姨，我不能透露這個。」

說話的同時，傅明予已經把今天的航班資訊調了出來。

阮思嫻這個月飛行時間達到上限，今天休息。

董嫻躊躇片刻，又問：『那你不用告訴我具體航班，跟我說一下她大概什麼時候下飛機就行。』

傅明予笑：「阿姨，我手底下這麼多機師，我怎麼會清楚每個人下飛機的時間？」

說完又問，「妳認識她？」

董嫻『嗯』了一聲。

傅明予道：「認識的話，妳可以直接打電話給她，沒有聯絡方式嗎？」

『嗯。』董嫻假意承認，『麻煩你了，我先不打擾你工作了。』

「好。」

電話裡響起『嘟嘟』聲，傅明予握著手機，螢幕自動回到那個小可憐的照片上。

傍晚，烏雲還沒等到日落西山便席捲而來，隱隱有暴雨的傾向。

傅明予沒讓司機送，自己開車回了名臣公寓。

路上，豆大的雨滴落了下來。

進地下停車場之前，他看見大門外停著一輛黑色保時捷，一個中年司機坐在駕駛座，而車旁邊站著一個女人，一隻手撐著傘，一隻手提著一個蛋糕。

傅明予與董嫺見面次數不多，雨天使人看不清模樣，只覺得眼熟，直到他進了電梯，才想起這個人是誰。

雖然對阮思嫻和董嫺的瞭解不多，但是傅明予大概能猜到，如果阮思嫻想見她，董嫺又何必專門打電話來問他航班資訊。

只是沒從他這裡得到消息，她才又多費些周折，輾轉去查她的住址。

傅明予的手指已經要觸到十六樓的按鍵，思及此，又往下挪了一點，按了十四樓。

電梯緩緩停下。

門還沒完全打開，傅明予便聽到外面那人跑調跑到西伯利亞的歌聲。

隨著門縫慢慢變大，一襲紅裙的阮思嫻慢慢噤了聲。

她咳了一下，掩飾自己亂唱的尷尬，露出端莊的微笑。

「傅總下班了？」

「嗯。」傅明予打量她，「今天心情不錯？」

「還行吧。」

阮思嫻進去按了一樓，門緩緩闔上。

當電梯開始下降的時候，她突然問：「你到底是上樓還是下樓？」

「下樓。」

「哦。」

阮思嫻今天心情本來不太好，前兩天卞璿的外婆生病，她關門回老家，現在都還沒回來，只有司小珍陪她過生日。中途又接到了董嫻的電話，她的關心說不上破壞了心情，但也談不上喜悅，遊走在中間地帶，不上不下。

可是下午她又收到了網友們不計其數的誇讚，快把她淹死了，感覺自己真的是仙女下凡。

仙女自然不能為俗事煩惱。

這個時候不好在傅明予面前唱歌，但是開心是壓制不住的，腦子自己開起了演唱會，手指背在身後打著節拍。

但是老天爺總是會給下凡的仙女一點懲罰。

當電梯停在八樓的時候，阮思嫻就有預感，二郎神派他的哮天犬來抓她回天庭了。

狗未到，聲先到。

阮思嫻的腦內演唱會瞬間斷電。

所以怎麼說還是有錢人好呢。

如果不是住獨棟別墅，阮思嫻根本不可能要求同一棟樓的住戶不准養狗。

她默不作聲地退到角落裡，扶著欄杆，膽戰心驚地與那隻狗對視。

阮思嫻的神經緊繃，手心發涼，餘光卻看見電梯門倒映的兩人的影子越來越近，越來越近，直至重合。

他身上清冽的冷杉味道也越來越近——阮思嫻的視線慢慢被他的身軀擋住，眼前是他的襯衫，他的衣領。

阮思嫻抬頭望著他，眨了眨眼睛，沒明白這個操作。

她站在牆角，而傅明予的身軀幾乎把她鎖在這個直角裡。

只是跟以往不一樣的是，他面對著阮思嫻，而不是背對著她。

狹窄的空間頓時縮得連氣息都難以流通。

他還低著頭，直勾勾地看著她。

他的眼神特別平靜，好像只是在維持自己目不斜視的習慣。

但目光一動也不動地落在她臉上！

阮思嫻不行了，她沒辦法這樣跟傅明予對視。

她別開臉，心跳卻還是不受控制地加快。

不是，你擋狗就擋狗，你面對我站著是什麼意思？

狗是擋住了，可是你這姿勢也太奇怪了吧。

早知道還不如直面狗呢，比直面狗男人輕鬆多了。

除了狗亂動發出的聲音外，阮思嫻只聽得到自己的呼吸聲和心跳聲。

她垂眼的時候，傅明予能清晰地看見她眼睛上棕色的眼影和上揚的眼線，還有刷得格外翹的長睫毛。

他回憶了一下，似乎是這大半年來第一次見她化妝。

「打扮這麼漂亮，去見誰？」

阮思嫻：「……」

整句話的重點，她抓在「漂亮」兩個字上。

而且她發現，今天成千上萬的讚美她都坦然接受了，還分享給司小珍她們看。

可是傅明予一句「漂亮」，她居然臉紅了。

她低低吐出兩個字：「朋友。」

「男的女的？」

阮思嫻聲音更低：「關你什麼事。」

「隨便問問。」他緩緩說，「男的女的？」

有隨隨便便就追問兩次的嗎？

阮思嫻不想回答，可是頭頂的陰影有一種壓迫感，沉得她頭都抬不起來。

「男的。」

「哦。」傅明予似乎知道阮思嫻故意這麼說，又問，「晚上還回家嗎？」

「不回。」

「那我送妳過去。」

他的語氣太直接，根本就不是商量。

「不用了。」

「妳確定？」

電梯在這時候停到一樓，門緩緩打開，外面「啪啪啪」的雨聲傳了進來。

阮思嫻：「……」

她出門前關著窗戶，專心的化妝，完全沒注意到外面已經開始下雨了。

狗主人拉著狗出去，剛走兩步又愣住。

阮思嫻立即按了關門鍵。

等狗主人反應過來的時候，門已經關上。

可是傅明予還站著不動。

阮思嫻伸手推了推他的胸，同時去按地下一樓的按鍵，急促地說：「快走快走。」

到了停車場，阮思嫻坐上副駕駛座，拉出安全帶扣上的時候，突然想到什麼，輕笑了聲。

傅明予：「妳笑什麼？」

「沒什麼。」阮思嫻說，「只是覺得你的副駕駛座坐著還挺舒服的。」

「嗯。」傅明予點頭道，「也不是誰都能坐。」

阮思嫻別開臉沒說話。

再接下去，這個話題的走向只有一個。

男人的副駕駛座有時候確實有特殊的含義。

就在這時，司小珍突然打了電話過來。

今天暴雨，天氣聚變，許多飛機航線要改，司小珍作為簽派員走不開，必須加班。

「……」

也不是故意放鴿子，工作就是這樣，阮思嫻很理解，但也失落。

傅明予手搭在方向盤上，扭頭看著阮思嫻。

「朋友不來了？」

聽起來有點幸災樂禍的感覺。

阮思嫻扭頭不說話。

傅明予開始解安全帶，「那回去吧。」

阮思嫻沒說話，也沒有異議。

外面下著暴雨，她要是一個人在餐廳吃飯，今天還是她生日，孤獨指數也太高了點。

重新進入電梯，阮思嫻氣壓低，早已沒了出門時的興高采烈。

她垂著頭去按十四樓，卻突然被傅明予拉開手。

「跟我上樓吃飯。」

他不等阮思嫻回答，直接按了十六樓。

行吧。

心情低落阮思嫻不想掙扎，也不想說話。

她不想生日這天一個人孤零零吃飯。

傅明予有時候勉強算個人，湊合吧。

到了十六樓，傅明予一邊按指紋，一邊解外套釦子。

門打開的時候，他突然想到什麼，回頭笑道：「妳今天打扮這麼漂亮最後還不是只有我一個男人看。」

阮思嫻皮笑肉不笑地說：「是啊，便宜你了。」

進門之後，他直接脫了外套，搭在沙發上，穿著襯衫朝廚房走去。

阮思嫻探頭進去，「不點外送？」

「不點。」

「你會做飯？」

「還可以。」

傅明予打開冰箱，看著保姆幫他塞滿的新鮮食物，問道：「想吃什麼？」

「滿漢全席。」阮思嫻挑眉笑，「可以嗎？」

傅明予沒理她，伸手在冰箱裡翻了翻，回頭看著她：「長壽麵，吃不吃？」

阮思嫻靠在廚房門邊，因為傅明予背對著她，她便肆無忌憚地打量。

等他轉過身來拿碗筷時，她又移開目光。

「你怎麼知道今天是我的生日？」

「我看過妳的履歷。」傅明予語氣輕描淡寫。

阮思嫻鼻子裡哼了聲，「哦，這樣啊，那您對員工都這麼貼心嗎？」

其實今天中午阮思嫺就收到來自世航人事部的祝福訊息，同時告知她有空去人事部領取生日禮物。

這是世航的傳統，每一位員工生日都會擁有的待遇。

「妳是明知故問嗎？」傅明予沒抬頭，打開水龍頭清洗青菜，微弱的流水聲和他的回答同時響起，「給每個員工做長壽麵，我是總監還是總廚？」

哦，那她就是特殊待遇了。

阮思嫺抬了抬下巴，嘴角翹起來，「我還要加個雞蛋。」

傅明予頭都沒抬，「嗯」了一聲，拿起手邊已經準備好的兩個雞蛋，磕了一下，亮晶晶的蛋清與蛋黃滑進平底鍋，滋滋滋響了起來。

瓦斯爐上一個小鍋燒著水，平底鍋煎蛋，水槽裡堆了些青菜，這些事情他做起來得心應手，看起來慢條斯理，卻又乾淨俐落。

沒想到他說會做飯不是吹牛。

直到傅明予轉身看了她一眼，阮思嫺才發現自己站在門口看得有些久。

可是目光都對上了，她不說點什麼好像有點不合適。

她試探地走過去，「需要我幫忙嗎？」

「不用，妳去客廳坐著，別在這看我。」

阮思嫺的腳步頓住，隨即翻了個白眼轉身就走。

呵，誰樂意看你。

但是客廳真的挺無聊。

傅明予這人也挺無聊。

這麼大的客廳，除了必要的家具，什麼東西都沒有，甚至連綠植都沒有，唯一的活物可能是阮思嫻本人了吧。

只是這落地窗還不錯，如果不是下大雨，平時站在這裡看個落日應該挺舒服。

旁邊還有一個躺椅和玻璃桌，如果晚上有點水果，夏天看個星星也不錯啊。

她又往其他地方張望，幾個房間門都關著，沒什麼可看的。

阮思嫻在客廳無聊地晃了一圈，不知不覺又轉到廚房。

她探了個腦袋進去，「好了沒啊？你怎麼這麼慢。」

「好了，妳去餐廳坐著。」

傅明予端著碗出來時，阮思嫻正拿著紙巾擦口紅。

「妳擦什麼？」

阮思嫻瞥他一眼，不太想和這種直男解釋。

「吃飯不擦口紅當下飯菜啊？」

傅明予：「挺好看。」

阮思嫻：「……」

傅明予今天怎麼回事？發情了嗎？

怎麼一次又一次這麼簡單粗暴地誇她？

她繼續胡亂擦口紅。

「好看也不給你看。」

傅明予笑了下，把筷子遞給她，「快吃。」

眼前的麵條清香陣陣，金燦燦的雞蛋配著幾根蔬菜冒著熱氣，阮思嫻胃裡開始叫囂，嘴巴卻忍不住說：「這麼多，我可能吃不完哦。」

傅明予：「吃不完扣年終獎金。」

他的眼明明白白地告訴阮思嫻：別裝。

阮思嫻努著嘴，挑眉點頭。

上一秒還說她好看，下一秒把她當豬。

「行，老闆說了算。」

十分鐘後，一碗麵下肚。

面對空蕩蕩的碗和傅明予的眼神，阮思嫻不知道該說什麼。

也許是她太餓，也許是這碗麵味道確實不錯，她給自己打臉打得響徹天際。

幸好就在她尷尬的時候，手機響了起來。

但接起電話時，阮思嫻的臉色肉眼可見的變了。

語氣也挺僵硬。

「妳怎麼知道我住這裡？」

「不用了，我已經吃過了。」

「天都黑了還在下雨，妳回去吧。」

電話那頭又說了什麼，阮思嫻嘆了口氣，扭頭看見窗外的大雨，皺眉道：「行，等一下吧。」

掛了電話，她的眉頭也沒鬆開。

她不想下去拿，可是董嫻的意思是她不去拿今天就不走了。

太煩了。

阮思嫻的目光最後落在傅明予身上打量兩圈，小聲說道：「老闆，有傘嗎？」

「妳要幹什麼？」

「下樓拿個東西。」

傅明予朝窗外看去。

天上黑壓壓一片，豆大的雨滴毫不留情的啪嗒落在窗戶上，伴隨著狂風胡亂飛舞。

「這麼大的雨妳能去？」

「嗯，所以我想請你幫我去拿。」

「……」

沉默兩秒後，傅明予有些無奈地站起來，「去洗碗。」

「好嘞。」阮思嫻幾乎毫不猶豫就答應了，但是看到外面的雨，又有點內疚，「老闆慢走。」

說完，兩人分頭行動。

廚房裡除了這兩副碗筷，其他的傅明予早就洗好了，所以阮思嫻前後花了不到三分鐘。

她走到落地窗邊往下看，樓層太高，加之大雨，幾乎看不清楚地面的情況。

也不知道過了多久，傅明予才回來。

他身上的白襯衫幾乎濕透了，緊緊貼在身上，肌肉線條若隱若現。

他收了傘，把蛋糕放在一旁的桌上，漆黑的眼睛看過來，睫毛上有水氣，緊緊盯著阮思嫻。

「妳真是太會折磨人了。」

阮思嫻背著手站在他面前，被他的眼神看得有點慌，立刻把藏在身後的毛巾往他身上扔。

「趕緊擦擦吧。」

傅明予接住毛巾，擦了擦手臂，似漫不經心地說：「我今天回來的時候就看見她了，妳們認識？」

「哦，我媽。」阮思嫻頓了頓，「你們也認識吧？」

傅明予：「嗯。」

阮思嫻不奇怪，傅明予認識鄭幼安，那肯定也認識董嫻。

她沒再說什麼。

傅明予又說：「她剛剛問我們是什麼關係。」

阮思嫻一頓，突然有些緊張，「你怎麼說的？」

這事就算不是董嫻，換做別人，看見傅明予去幫她拿蛋糕，也會好奇兩人的關係。

「我說我們是……」他故意躊躇了一下，帶著些許疑問的目光與阮思嫻對視，「朋友？」

「對。」阮思嫻順著他的話點頭，像是說給自己聽的一樣，「我們是朋友。」

傅明予把毛巾扔到一邊，走到一間房門外，手握著門把，朝阮思嫻擺頭，「過來。」

他這副濕身的樣子，聲音低低沉沉。

莫名有一種邀請進冰箱的感覺。

阮思嫻站著沒動，「幹什麼？」

傅明予：「既然是朋友，我送妳一個生日禮物，妳會收下吧？」

阮思嫻覺得傅明予今天有些奇怪。

先是默不作聲的幫她過生日，又是直白的誇她漂亮，現在還要送生日禮物。

送禮物就送禮物，還要讓她進房間。

以他的尿性，該不會想送自己吧？

阮思嫻慢吞吞地朝他走過去，「送什麼？飛機嗎？」

傅明予沒說話，把門推開，阮思嫻眼前一亮，呼吸停滯了一兩秒。

二十多坪的書房裡放了四個兩公尺高的展示架，整整齊齊擺放起碼兩百架飛機模型。

波音全型號、空客全型號、龐巴迪挑戰者系列、達索獵鷹系列、霍克薛利三叉戟……全都有！

而且阮思嫻走近了能看出來，這些模型不是市面上出售的那種，全是獨家高級訂製超高精度還原，透過玻璃連駕駛艙裡的儀錶盤都看得清清楚楚。

阮思嫻伸手顫顫巍巍地摸了一下材質，這質感、這手感、這精細程度……恐怕這些模型的壽命可以與王八比一比。

「喜歡嗎？」

耳旁響起傅明予的聲音。

阮思嫻渾身顫了一下。

他故意的，他絕對是故意的！

但是真的喜歡！喜歡！非常喜歡！

阮思嫻心裡的小人已經瘋狂地旋轉跳躍，但她要克制，不能在傅明予面前表現得一副沒見過世面的樣子。

「我還以為你送我真飛機呢。」

「也不是不行。」傅明予低頭，似笑非笑地說，「但是有條件。」

這個人的眼睛好像會說話，阮思嫻和他對視的時候心頭猛地跳了一下，感覺他話裡有話。

不，他就是話裡有話。

阮思嫻轉身背對他，看著另一面展示架。

「這些都是你的收藏？」

「嗯。」

「真的送我？」

「選吧。」

那我就不客氣了。

阮思嫻一下子摸摸這個，一下子摸摸那個，半天了還猶豫不決。

傅明予一直在門邊看著她，等了好一陣子，見她糾結，又補充道：「我沒說只能選一個。」

阮思嫻回頭看他，「真的？」

傅明予：「這房間裡，妳喜歡的，都可以送妳。」

全都喜歡！這屋子裡的全都喜歡！

這狗男人今天太是個人了！

他問：「都喜歡？」

阮思嫻星星眼看著他，想矜持但又想誠實，於是小幅度地點了點頭。

傅明予：「但我不行。」

花了兩秒，阮思嫻才反應過來他這句話是什麼意思。

——這房間裡妳喜歡的都可以送妳。

——但不包括我。

——我不能送給妳。

看阮思嫻瞬間恢復冷漠，傅明予靜了兩秒，然後開始笑。

還笑？欠打。

阮思嫻忍不住，一爪子朝他肩膀上招呼去。

但她雖然生氣，其實根本沒用什麼力氣，碰到的時候反而被他抓住手，攥在胸前。

「又想打人？」

阮思嫻不打算說話，掙扎了兩下，扯不出來手，於是動腿。

只是她本來想踹他一下，卻又被他感覺到動機，反而先發制人伸腿把她的小腿抵住。

「還想動腿？」

阮思嫻是個吃軟不吃硬的人，傅明予越是反抗，她就越想動手動腳。

但是穿著裙子高跟鞋的她輕而易舉就被這人壓制。

兩隻手被攥著，大腿也被他的腿別著，俯身一壓，阮思嫻便完全被按住。

就在這時，兩人突然詭異地沉默下來，以這種奇怪的姿勢對視著，一動也不動。

窗外暴雨如注，劈里啪啦，清晰且強烈。

而房間裡燈光溫柔，空氣靜謐，呼吸聲和心跳聲纏纏綿綿的蓋住住了耳邊的雨聲。

她看見傅明予的眸光漸深，在燈光下反而顯得更幽黑。

而他的氣息漸漸靠近。

阮思嫻皺了皺眉，呼吸漸緊，手心在慢慢變熱。

她不想自己看起來有什麼異樣，於是不躲不閃的對視，直到傅明予的臉微微側開，靠在她耳邊說了句話。

他聲音很小，幾乎是氣音，此時如果有旁人，絕對聽不到他在說什麼。

「妳今天真的很漂亮。」

雨聲猛烈，室內安靜，這樣直接的語言配上他低沉的聲音，讓氣氛變得更奇怪。

像是劇烈運動過後的心跳，震得胸腔一遍又一遍迴盪著聲音。

阮思嫻的呼吸有些紊亂。

突然，天空一道驚雷伴隨著閃電霹靂刺破夜空，房間裡驟然一亮。

兩個人像回過神一樣，雙雙鬆開手，同時，傅明予退開一步，抬頭往窗外看去。

阮思嫻隨手抱起旁邊的一架哈維蘭彗星，按在胸口的位置，壓制住心跳。

「我回去了。」

阮思嫻的床頭有一排小探照燈，平日裡放著小擺飾和薰香。

這些不是她布置的，是剛搬過來的時候司小珍覺得她房間太單調幫她弄的。

今天拿了哈維蘭彗星後，阮思嫻找不到適合的地方放，於是把這個位置騰了出來擺放。

巧的是，探照燈的光打下來，正好把模型的影子放大投射在對面的牆上。

阮思嫻躺在床上，一睜眼就能看見那囂張的飛機影子。

這影子就像傅明予一樣陰魂不散，即便關了探照燈，窗外的路燈也會見縫插針的照一點輪廓出來。

阮思嫻翻了個身，睡不著，於是起身把窗簾拉得嚴嚴實實。

一連串操作後，阮思嫻覺得自己今晚能安心睡個覺了，可是一躺下來，眼前伸手不見五指，感官卻變得更清晰敏感。

在在這安靜的房間，她耳邊反反覆覆縈繞著那句低低的「妳今天真的很漂亮」。一個男人，反覆誇一個女人漂亮是什麼意思，還能是單純的欣賞美的事物嗎？原本阮思嫻一直只是猜測他的想法，可是今晚她確定了，傅明予就是看上她了。天塌了地裂了，有人挨打挨瘋了。

阮思嫻扯被子蓋住頭，那人的訊息又陰魂不散。

傅明予：『妳的蛋糕忘了拿。』

傅明予：『送下來給妳？』

阮思嫻算是明白了。

狗男人不僅是看上她了，今天還見色起意了，現在正心癢癢。現在就敢把她按牆上，真讓他上家裡來豈不是要按床上？

看來那一巴掌之後，這男人腰杆也挺直了，說話也有底氣了。大晚上的還想進她的家門，哼，想得太美好。

阮思嫻：『我不要了。』

傅明予：『那我處理了？』

阮思嫻：『隨你，我要睡了。』

傅明予：『等等，明天早上幾點的飛機？』

阮思嫻：『幹什麼啊？』

傅明予：『送妳。』

第二天清晨六點，阮思嫻睜開眼，伸手摸了下燈的開關，光亮起的那一刻，哈維蘭彗星的影子出現在牆上。

阮思嫻盯著影子看了一下，神志還沒清醒。

過了一陣子，手機鬧鐘響了，阮思嫻回過神，心裡暗罵一句：「狗男人。」

——夢裡也來騷擾我。

她坐起來拉開窗簾，模模糊糊看不清。

這雨下了一個晚上還沒停，今天的航班可能又要大量延誤了。

不過即便這樣，阮思嫻也要準時到機場。

起床簡單洗漱後，吃了個早飯，準備好所有東西，阮思嫻拖著飛行箱準備出門。

傅明予很準時，阮思嫻打開門的時候他正要按門鈴。

「早飯吃了嗎？」

看見傅明予的那一瞬間，阮思嫻覺得他好像變了個人。

衣冠楚楚的站在她面前，完全沒有昨晚靠在她耳邊低沉說話的模樣。

反而是阮思嫻有些不自在，「嗯」了一聲。

「走吧，今天下雨，路上會塞車。」

「哦。」

到了一樓大廳，傅明予的司機已經把車停在外面。

柏揚拿著傘過來遞給傅明予。

他接過傘，撐開，虛攬著阮思嫻的肩膀。

同時柏揚接過阮思嫻的飛行箱，直接放進後行李廂。

「走吧。」

阮思嫻覺得不對勁。

你這動作是不是太自然了點？怎麼就這麼行雲流水一氣呵成？

還有柏揚你這個覺悟是不是太高了點？你好歹做出一點震驚的表情啊？怎麼你老闆當著你的面這麼泡女人你都沒點反應？

柏揚並不想做出什麼表情。

他昨天千辛萬苦安排人把那些金貴的模型從湖光公館搬到名臣公寓，期間還要應付賀蘭湘的盤問，他很累。

路上果然塞車了，阮思嫻怕遲到，看了幾次時間。

柏揚心裡也有事，觀察了路況後，吩咐司機繞行，同時回頭道：「傅總，今天航班可能無法順利起飛，我先通知一下？」

傅明予點頭，同時想到什麼，轉頭對阮思嫻說：「我今天要去美國。」

阮思嫻眨了眨眼睛。

「十天後回來。」

阮思嫻一動也不動。

所以呢？

傅明予見她沒話說，笑了下，「跟妳說一聲。」

這怎麼聽起來像是在報備行程呢？朋友之間需要報備行程嗎？

可是傅明予一副坦然的表情，好像不覺得哪裡不對。

行吧，你覺得朋友之間是這樣的那就這樣的吧，雖然你從頭到尾幹的就不是朋友之間幹的事。

到世航門口時，果然比阮思嫻預計的時間晚了十分鐘。

司機要往停車場開，阮思嫻計算著從那邊上電梯再去會議室要多繞幾段路，於是及時喊停。

柏揚下車幫她取飛行箱，阮思嫻接過後幾乎是小跑著進了大樓。

二樓玻璃長廊一個空服員看著阮思嫻跑了進來，回頭道：「欸？你們看見了嗎？」

「什麼？」

「阮思嫻啊，大清早的她居然從傅總的車上下來。」

「……」

「讓我看看讓我看看。」

「人已經進來了，你們看那邊，那是傅總的車我沒看錯吧？」

「這是什麼情況啊？」

「不是聽說她之前還是空服員的時候就……」

不過一上午，這個小八卦就在乘務部流傳開來，到了中午，餐廳開飯，伴隨著飯菜香，幾年前的緋聞又被挖了出來。

這次可不是虛無縹緲的猜測，是有人實打實看見的。

還有人說，其實這不是第一次看見阮思嫻上傅總的車了，前不久在世航門口就看見過。

十天過去，這些緋聞傳得有些變味。

但這些流言短時間內還沒有傳到當事人耳裡。

——如果阮思嫻今晚沒有參加一個機長的生日聚會的話。

在去的路上，她還接到了傅明予的電話。

『在哪裡？』

阮思嫻已經走到餐廳門口，「你回來了？」

『嗯，妳吃飯了嗎？』

「沒。」

『那等我？』

「不要，我有約。」

傅明予笑，『妳還真是忙。』

阮思嫻跟著服務生往包廂走去，腳步輕快，「是啊，我飯局不比你少。」

『結束了我來接妳？』

阮思嫻腳步頓了一下。

「我今天跟同事們吃飯。」

『怎麼了？』

「你確定要來接我？」

『我見不得人嗎？』

阮思嫻被噎了一下。

你可見得人了，你比誰都見得人。

「隨你。」

『地址傳給我。』

與此同時，包廂裡的氣氛正熱鬧著。

今天的壽星叫林弘濟，在世航工作幾年，是個年輕機長，特別熱情好客，只要跟他有過接觸的人都能迅速成為朋友，所以不管哪個部門他都混的熟，過生日的時候直接拉了個大群組吆喝，有飛行部的、乘務部的，還有機務部和簽派部。

由於人多，他訂了個大包廂，裡面一共三大桌才勉強坐下所有人。

約的時間是七點，阮思嫻六點五十分還沒到。

「幾點了，阮思嫻不來了嗎？」

「誰知道呢，說不定跟傅總約會去了。」

「看你這酸的語氣，人家約會又怎麼了？」

「誰酸了，表達一下敬佩而已，都幾年了，也算是鐵杵磨成針了吧，換我我可沒這個毅力。」

「你們說的有鼻子有眼的，難道這事是真的？」

「這還能有假嗎？都不是第一次看到她從名臣公寓出來了。」

倪彤本來在聽八卦，但是聽到這句話，還是忍不住開口：「不要亂說啊，阮思嫻她自己就住在名臣，我去過她家。」

「住名臣？那她挺有錢啊。」

有其他空服員插嘴道：「就算阮思嫻倒追又怎麼了，這年頭還不准女人倒追啊？」

「對啊，男未婚女未嫁的，誰追誰無所謂啊。」

「這是倒追的問題嗎？這是倒貼吧。」

就在這時候，包廂門被推開，阮思嫻走了進來。

靠門的那一桌倏然安靜，全都抬頭看過去。

這一桌有一半的人心裡都咯噔一下。

不管阮思嫻是怎麼搞定傅明予的，總之他們現在關係不尋常，要是得罪了她，隨便吹吹枕邊風他們就沒好果子吃。

這邊的氣氛變得奇怪，另外兩桌人剛剛雖然沒在八卦，不過也聽到些內容。

林弘濟作為今天的東家，有點尷尬，不得不出來打圓場。

「小阮來了？要不要坐我們那桌喝酒啊？」

阮思嫻根本沒聽到剛才的八卦，看這一桌確實沒位子了，於是問：「還有我的位子嗎？」

「有，擠一擠就有了唄。」

林弘濟帶著她過去，幾個副駕駛搬著椅子挪了個位子出來。

但這一桌的風水不是很好，對面就坐著岳辰和江子悅。

江子悅雖然沒參加剛剛的話題，不過這些天她也聽到不少。

看來自己小看阮思嫻了，這副駕駛座，她還真的坐了。

不過有了這些傳言也好，至少岳辰不會再盯著阮思嫻了。

有林弘濟活躍氣氛，大家假裝什麼事都沒發生，吃飯喝酒划拳，一晃眼就過去了兩個多小時。

酒足飯飽後，有人端了一杯酒過來找阮思嫻，先是誇了她一番今天特漂亮，又非要敬她一杯酒，好聽的話接二連三。

馬屁拍得震天響，在座誰聽不出來是奉承。

原本沒人戳破，可是江子悅發現岳辰因為這句話看了阮思嫻好幾眼，便抓著這個機會學著剛剛那人的語氣說：「阮副現在愛情事業雙豐收，人逢喜事精神爽，能不漂亮嗎？」

林弘濟好不容易扯回來的氣氛，又被江子悅一句話打回解放前。

誰聽不出來她是什麼意思。

岳辰皺眉：「吃的還堵不上妳的嘴嗎？不會說話就閉嘴。」

別人怎麼說都無所謂，但是岳辰這麼護著阮思嫻，江子悅的火氣一下子上來了，原本她不打算說阮思嫻，只是想提醒一下岳辰別覬覦不該覬覦的女人，可是這男人偏偏跟她反著來。只是畢竟是公開場合，她下誰的面子也不好下自己男人的面子，矛頭便又對準了阮思嫻。

「我是不太會說話，不過忠言逆耳，小阮，我們這麼多年的同事了，還是要提醒妳一下，男人地位越高就越難掌握，可別大意了回頭什麼都沒撈到，妳聽說過我們之前認識的那個女生了嗎？孩子都懷上了，要嫁給鋼鐵實業的公子哥了，結果最後還是沒結成婚，現在帶著孩子誰還敢接盤。」

氣氛降到冰點，連林弘濟都不知道怎麼圓場。

阮思嫻本來還在想他們幾個小嘴叭叭叭說什麼呢，可是現在江子悅把話都說到這份上了，她再聽不明白就有點傻了。

偏偏這時候她手機震了一下，又是傅明予傳來的訊息。

傅明予：『我到了，妳還要多久？』

她飛速打字，回覆：『您別來了，免得人家又以為我勾引你。』

這則訊息傳出去後，她把手機一丟，抬頭看著江子悅。

「江姐，有話就直說。」

江子悅別開臉，陰陽怪氣地嘀咕：「我說什麼妳還不明白嗎？」

「我明白什麼？說我勾引傅總嗎？」

江子悅正要開口，岳辰猛地拍一下桌子。

「行了，妳沒事做就回家去，人家過生日，妳在這裡說什麼東西？」

「你跟我吼什麼吼？岳辰你什麼意思啊？」江子悅現在也不管什麼面子裡子的了，護一次就夠了，還護兩次，「你別忘了你是要結婚的人了，在這護著誰呢？」

不對，你們怎麼吵起來了？

我這裡的話題還沒扯清楚呢？

「你們要吵回家吵，我們先把話說明白了。」阮思嫻說，「江姐，幾年前妳就說我勾引傅總，怎麼現在要結婚了還不安靜，我說妳對我的私生活怎麼就這麼感興趣呢？」

岳辰聞言，詫異地看著江子悅：「是妳說的？」

「你這又是什麼眼神？」

不管阮思嫻說了什麼，讓江子悅生氣的總是岳辰的一舉一動，「是我說的又怎麼樣？現在大家不是事實看在眼裡嗎？」

「什麼事實？」

包廂門突然被推開，先是靠門的那桌瞬間安靜，緊接著，整個包廂鴉雀無聲。

所有人全朝那邊看過去。

沒人知道傅明予為什麼會突然出現在這裡。

他站在門口，面色沉靜，視線淡淡地掃過這裡的人，看不出情緒。

但往往就是看不出情緒才是最可怕的。

眾人心臟猛跳，倪彤連手裡的瓜都沒拿穩，一個不注意掉到地上摔得稀爛。

傅明予的目光最後落在阮思嫻身上，比起生氣，更多的是煩躁。

挨了一巴掌才穩住的局面，可能又要被這群人攪亂了。

阮思嫻知道傅明予來了，沒那麼震驚，只是心情不太好，看都沒看他一眼。

室內氣氛落針可聞，傅明予的腳步聲被無限放大，一步步，踩得人心驚膽戰，生怕他走到自己面前了。

然而傅明予只是走到阮思嫻身邊，朝她伸手。

「吃完了嗎？我送妳回去。」

阮思嫻憋著火氣，拍開他的手。

傅明予收回手，微俯身，問道：「他們說妳勾引我？」

阮思嫻冷笑一聲，沒理他。

「妳沒跟他們說是我在追妳嗎？」

第十五章　偏袒

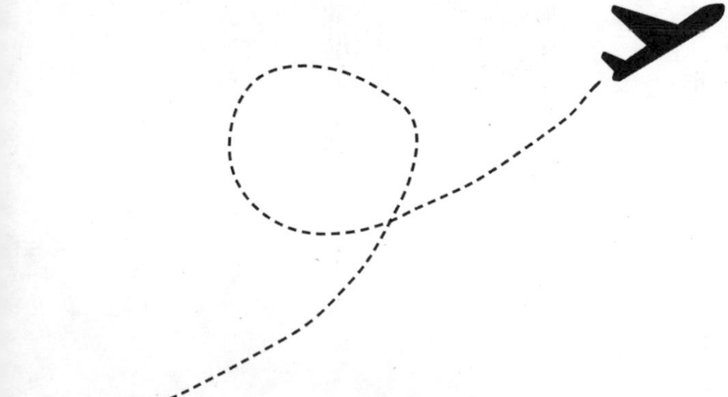

頭頂燈光打得透亮，照得在座幾個人臉色慘白。

直到這個時候，大家才反應過來，接二連三面面相覷地站了起來。

江子悅還愣著，被岳辰一把拖了起來，她趔趄了一下，手撐在桌上，面如土色，雙唇也慢慢失去了血色。

包廂外異常喧鬧，人聲鼎沸，飯菜酒香縈繞，把包廂內本就沉默的氣氛襯托得更令人窒息。

許久過去，沒人說話，連一聲衣服摩擦的響動都沒有。

林弘濟手裡還端著酒杯，不上不下的，嘴巴張張闔闔，半晌，吐出兩個字：「傅總……」

傅明予原本俯身靠在阮思嫻面前，單手撐著桌子，聞言眼皮一掀，涼涼看過去，林弘濟便閉了嘴。

室內氣壓更低。

自從傅明予說完話就一直默不作聲的阮思嫻突然拿起包站了起來，低著頭推開傅明予的手往門口走去。

經過靠門那一桌時，剛剛討論她的那些人齊齊往後退了一步，生怕碰到她。

但是阮思嫻走到門口，突然回頭，低聲說道：「林機長，那個……今天沒想過把你的生日搞成這個樣子，對不起。」

林弘濟快哭了，妳別 cue 我了，真的與我無關。

而阮思嫻越過門走出去時，眾人的目光遲遲沒有收回來。

怎麼阮思嫻的氣焰突然低了下來？說話聲音細細小小的，而且如果他們剛剛沒看錯的話，她的耳朵還紅了？

這是在傅總面前裝柔弱？

傅明予沒有立刻跟出去，那隻被阮思嫻推開的手垂在褲邊，轉了轉手腕，抬眼看向這桌的人時，眼裡情緒難辨。

「看見了嗎？」

沒人明白他這句話是什麼意思，只覺得腦子裡被抓住了一根弦，扯得腮幫都僵住了。

緊接著，傅明予下一句話出來，那根弦突然斷了。

「你們就是這麼給我增加難度的？」

——雖然聽起來有那麼一絲無奈的感覺，但更多的是明明白白警告的意思。

剛剛阮思嫻在場時，他的語氣裡還有那麼幾分溫柔，而他說這話的時候，語氣與神態異常的平靜，平靜到沒有溫度，像暴風雨前的深海，暗伏著巨浪。

傅明予只丟下這句話，轉身出去。

林弘濟想追出去說點什麼，可一來邁不動腿，二來不知道該說什麼。

包廂內再次陷入死一般的沉寂。

打破這個局面的是最旁邊那桌的一句話。

「阮思嫻脾氣好大啊。」

眾人如夢初醒一般，紛紛朝倪彤看去。

倪彤還處於目瞪口呆的狀況，眼神茫然，「搞什麼呀，原來是傅總在追她啊？」

她感覺自己就是個傻子，還曾經教阮思嫻怎麼追男人。

她說出來，自然就有人接嘴了。

「我靠……還以為是倒貼的炮友關係，結果是這樣，現在怎麼搞……」

「怎麼辦啊？她剛剛有沒有聽到我們說的話啊？」

「我靠，我今年還想升座艙長，我靠我靠我靠！」

「到底誰先亂傳的啊！沒搞清楚事情就傳得沸沸揚揚，現在好了，我們一起陪葬。」

眾人紛吵中，江子悅緊抿著唇，指甲陷入掌心，呼吸一絲絲溢出來。

岳辰突然抓起面前的酒杯往地上砸去，「砰」一聲，包廂又安靜了下來。

玻璃渣彈到江子悅腳背上，她驟然抬頭，不敢置信地盯著岳辰，表情瀕臨崩裂。

「現在舒服了？」岳辰臉漲紅，延伸到脖子，額頭青筋浮起，「讓妳閉嘴妳沒聽到，就妳有嘴會說！」

江子悅眼睛裡幾乎要瞪出紅血絲，尖聲吼道：「你還是男人嗎！大不了我辭職，怕她幹什麼！」

「你他媽！」岳辰氣到揚起手，舉到頭頂的時候身旁眾人一哄而上要攔住，他自己也在這瞬間恢復理智，手重重落下，掀翻了旁邊的凳子，「妳要走自己走，別他媽拖累老子！」

岳辰他們這種機師和阮思嫻不一樣。

阮思嫻並非航空公司培養，合約較鬆，但岳辰這一類是高中被選拔上的那一刻就簽了航空公司，指定培養，高昂的費用全由航空公司掏腰包，所以合約簽得很死，幾乎沒有跳槽的可能性。

即便要強行跳槽，違約款也會賠到他傾家蕩產。

如今江子悅得罪了頂頭上司，難保不會牽連到岳辰。

公司是換不了的，只能任人宰割。

往小了說，以後航班全排短程，每天本場幾段飛，飛行總時長中，最累的起落時間比例直接大幅度飆升。

抑或跟空管那邊說一聲，流控的時候全把他的航班挪後起飛，人磨在駕駛艙了不說，沒有起飛就沒有時薪。

往大了說，直接尋個由頭降為副駕駛，若是再絕一點，落個終身副駕駛也不是不可能。

岳辰越想越後怕，就看剛剛傅明予在阮思嫻面前溫言細語的模樣，這些他不是不可能做出來。

他自己就清楚，一個男人為了心愛的女人能做到什麼份上。

特別是當這個男人處於高位，手裡有權有勢時，能做的事情太多了。

岳辰能想到這些，其他機師又如何想不到，全都開始為自己的前程擔憂。

而這個時候，倪彤又出來打破僵局了。

她先是跟著一起後怕，冷靜了一下，又說：「應該還好吧……」

所有人的目光全都看向她，聚光燈太亮，她退了一步，哆哆嗦嗦地說：「我之前也……

那什麼……反正就是跟她不太愉快吧，她也沒把我、我怎麼樣……」

現在重點是阮思嫻嗎？重點是傅總！

眾人懶得理倪彤，再度開始擔心自己的前途。

而另一邊的情況也不容樂觀。

傅明予走出去時，阮思嫻一個人拎著包腳下生風走得飛快。

「阮思嫻。」

傅明予在後面喊了一聲，見前面的人不動，便兩三步跨過去抓住她的手腕。

「妳……」

話沒說完，傅明予聲音一頓。

他低頭去看阮思嫻的臉。

阮思嫻垂著腦袋，發現他的動作後猛地甩開他的手，繼續往前走。

狗男人，臭狗男人。

心理默念了幾句後，阮思嫻的手腕再次被抓住。

她轉身掙扎了一下，「你放開我。」

沒抽出手，只能抬頭瞪著他。

「這事我會解決。」傅明予說，「以後絕對不會再有這種謠言，先消氣？」

她還是瞪著傅明予，不說話。

她心裡想的根本就不是那件事。

傅明予：「先上車，送妳回家，等一下會下雨。」

說完，他回頭看，司機一直緩慢開著車跟著他們，此時正停在他們站的路邊。

趁他不注意，阮思嫻抽出手往他後背拍了一巴掌。

傅明予只當她還在為那事生氣，轉身按住她的肩膀，嚴肅地說：「我說了，這件事情我會給妳一個交代。」

藉著路邊的燈光，傅明予才看清阮思嫻的臉紅得像熟透的蘋果，還隱隱約約蔓延到白皙的脖子上。

兩人就這麼對視著，誰都沒有先說話。

大約十餘秒，阮思嫻突然又給他肩膀來一巴掌。

力道說重不重，但說輕也不輕，是帶著情緒的。

傅明予皺眉，深吸一口氣，感覺自己的耐心正在一點點被消磨。

「妳說句話。」他垂下眼簾，「是不是還要給我一巴掌才解氣？」

阮思嫻握了握拳。

她雖然不知道自己現在看起來是什麼樣，但卻感覺脖子以上全被一股自己散發的熱氣籠罩著。

簡而言之，她覺得自己的臉一定紅透了。

「臉伸過來。」

傅明予自然不會真的把臉伸過去。

他只是看著阮思嫻，漆黑的眸子裡神色難辨。

又是一陣沉默的對視，和剛剛一樣，阮思嫻突然伸手，掌心觸碰到傅明予的側臉，把他按到一邊去。

「你為什麼非要在那說那些！」

丟下這句話後，人立刻往路邊走，飛快拉開車門坐了上去。

這一「巴掌」按過來，像貓爪一樣，竟有些軟綿綿的感覺。

臉頰還有阮思嫻掌心的餘溫，傅明予伸手拂過，透過車窗看見阮思嫻隱隱約約的側臉。

片刻後，他低頭笑了下，轉身上車。

司機默不作聲朝名臣開去。

後座寬敞，傅明予交疊著腿，解開袖口，同時側頭看了阮思嫻一眼。

阮思嫻擠在最旁邊，面對車窗，但卻從倒影裡發現了傅明予在看她。

「怎麼了？」

你還好意思問！

阮思嫻恨不得抬腿就把他踹下車。

怎麼我平時看起來天不怕地不怕所以你就以為我不會害臊嗎？

你當著那麼多人的面還全都是同事的場合突然來一句「妳沒告訴他們是我在追妳嗎」，這是人幹的事嗎？

雖然知道傅明予就是看上自己了，但是這種事情私底下說說還好，當眾說出來簡直就是大型表白現場。

換哪個女人不羞恥？

自從傅明予在包廂內說出那句話，阮思嫻的胸腔就一股腦脹了起來，整張臉開始發熱。跟江子悅吵架的時候都沒這麼情緒起伏。

而狗男人倒好，面不改色心不跳，還若無其事地問她一句怎麼了。

猛吸一口氣後，阮思嫻平靜下來，正要心平氣和地說話，那人卻又開口：「我今天說的都是認真的。」

阮思嫻：「……」

兩人中間明明隔著一整個空座位，阮思嫻卻感覺四周十分逼仄，連同傅明予的氣息好像都縈繞在她身旁。

「哦。」

「哦？」傅明予側頭看她臉紅的樣子，覺得好笑，「妳這是同意的意思？」

「同意？你別太自信了。」阮思嫻笑聽到什麼笑話似的抬了抬下巴，冷哼道，「你倒是試試看，要是被你追到我就跟你姓。」

話音一落，阮思嫻突然一噎，腦子裡嗡一下發麻。

前排司機突然咳了一下，也不知道是不是在笑她。

靠……

阮思嫻後悔的閉上了眼。

今天到底是腦子被燒壞了，還是心智全都臊得藏了起來，這麼智障的話居然都說出口了。

又成功給自己添了一份羞惱。

「妳說得對，追到了當然……」

「傅明予你閉嘴！」

十月的尾巴一掃過，天氣變急速轉涼。

進入十一月後，路邊的樹葉肉眼可見的變黃，空氣開始乾燥，而路上甚至有行人穿上了羽絨服。

同樣在變化的還有阮思嫻的工作環境。

她最近一直忙著Ｆ１（第一階段副駕駛）考試，平時見縫插針的看書，有時候坐在駕駛艙等流控都要拿出手機來看兩眼。

考完試那天，她從考場出來，看了眼時間，還早，於是去員工餐廳吃飯。

打了飯端著餐盤找了個空座位，剛吃兩口，就感覺有人朝她走來。

阮思嫻抬頭，見是一位認識的副駕駛，於是拖一下自己的餐盤準備讓一點位子出來。

誰知道那個副駕駛一看坐著的是阮思嫻，立刻咧著嘴笑著說：「小阮下午好啊，咦？妳打的這個排骨我怎麼沒看見？我再去窗口瞅瞅。」

可能他去西伯利亞的餐廳打排骨了吧，總之這一去就沒有回來。

阮思嫻後知後覺回過神，這段時間吧，她在公司裡的情況就是——千山公的飛絕，萬徑雄性蹤滅。

不管單身不單身的男同事全都跟她保持著微妙的關係，恨不得在臉上寫著「我們只是純潔的同事關係」。

連她在動態分享個東西都沒有男同事點讚了！

行吧，阮思嫻算是明白了，傅明予只需要一句話，就在她身上打上了「傅氏所有」的標籤，直接從根源上切斷了情敵的產生。

只要她留在世航一天，這個公司就沒有男人敢跟老闆搶女人。

真是……好一個光明磊落的追求方法呢。

但是這個「傅氏標籤」也不是沒有好處。

比如這段時間她一直飛長途，看了任務表一眼，接下來一週也是這樣。

但凡飛國內航線的駕駛員都希望能飛長途，除了時薪高以外，休息時間也更長。

就連平時的流控也發生著細微的變化，阮思嫻發現自己排隊的時間越來越短，並且常常被優先調到跑道上。

這樣一看，這個標籤上面好像還明晃晃寫著「傅明予請各部門對持照人予以便利和必要的協助」。

阮思嫻覺得自己現在就是一本行走的傅氏「護照」。

她甚至想去質問傅明予，這樣幹不合適！濫用職權！

可是轉念一想，這不可能是傅明予吩咐下去的事，只怪網路太發達，一句話只需要一通衛星通訊就能傳遍全球，更何況這還只是一個公司。

不管是這些人是避嫌也好，是見風使舵也好，都像一雙雙無形的手，把阮思嫻和傅明予鎖定了。

這種氣氛，讓阮思嫻想到高中那時候，也有個男生對她公開表白，弄得沸沸揚揚，全校皆知。

而且那個男生還是個酷炫的校霸，平時在學校裡張揚跋扈，連老師都管不了他。所以當他告白後，平時對阮思嫻獻殷勤的男生全都躲得遠遠的。

學校就那麼大，兩人平時總會偶遇，再加上有一方刻意為之，阮思嫻就覺得怎麼走哪裡都是這些人。

偏偏四周的人還老是起鬨，搞得他們好像已經有了什麼似的。

那時候阮思嫻每天都被這事搞得很暴躁，每次看到別人揶揄的眼神或是調侃的語氣，她都想衝上去揍人。

可是現在呢？

阮思嫻拿著勺子，攪弄碗裡的湯。

她好像沒有特別暴躁……也沒有想揍人的衝動。

傅明予於世航和當初那個校霸於高中有什麼差別嗎？

沒有，都是橫行霸道地頭蛇。

阮思嫻想，大概是因為傅明予是她老闆吧……

正想著，面前突然擱下一個餐盤。

阮思嫻尋思著哪位同事這麼大膽要捨命摘花了，心裡還有點高興，覺得自己的魅力壓過了傅明予的淫威。

可是抬頭一看，坐在她面前的是倪彤。

倪彤坐下來時，神色有些不安，東張西望了一番才開口道：「那個……就是……有個事……」

阮思嫻放下筷子，抬起頭，「妳直說。」

倪彤本來不想說這事，但是她心裡惦記著許久了，不說出來心裡過不去。

只是餐廳人多口雜，她躊躇許久，問：「妳吃完了嗎？要不然我們出去說吧？」

阮思嫻打量她兩眼，一口氣把湯喝完，「走吧。」

兩人走到餐廳外，但人還是多，於是倪彤把阮思嫻拉到大樓一處樓梯間。

「就是……我師父昨天被重要客人投訴了。」

阮思嫻：「然後呢？」

倪彤眼珠子亂轉，說起話來也沒有底氣，「就是，妳知道普通乘客投訴的話，公司要核實才會看有效或者無效，但是被重要客戶投訴就直接有效了，然後……」

阮思嫻看了看手錶：「我給妳一分鐘時間，妳不說完我就回家了哦。」

倪彤倏地緊張，立刻像豌豆怪一樣叭叭叭地吐了出來：「就是那事其實也不是多大事以前遇到這種情況最多只是停飛一段時間可是我師父卻被開除了我覺得這個可能是傅總的決定但是好像有點過分了我也知道我這個請求有點為難但是妳能不能跟傅總說一聲不要直接開除留點情面行不行？」

阮思嫻：？

阮思嫻花了半分鐘把倪彤的話在腦內斷句。

伸手拍了拍倪彤的肩膀，「不是，是不是我平時做了什麼讓妳誤以為我是個善良大方不記仇的小仙女？」

倪彤的臉瞬間垮了下來，又難堪地脹紅，囁喏半天，說道：「哦，我知道了……不是，主要是因為上次那事，現在岳哥好像也跟我師父鬧掰了，她都快三十歲了，如果她再沒了工作，她怎麼辦啊！」

說完，她正要轉身走，身後卻傳來一道尖銳的喊聲。

「倪彤！妳在幹什麼！」

江子悅手裡拿著一疊文件，是人事部返回來的保險文件等。

她站在樓梯上，文件被她捏得皺巴巴的。

阮思嫻還是第一次見她這麼直接露出了凶狠的目光。

人還沒動，一疊文件先砸到倪彤身上。

倪彤被嚇得猛退到角落，驚恐地看著江子悅。

「不是……我只是……」

「誰要妳來求情了？妳吃飽了找不到事做嗎？」她說完，轉頭看著阮思嫻，「妳放心，妳厲害我惹不起，真以為我不做空服了就活不下去了要腆著臉求妳？做夢！」

阮思嫻攤手：「我什麼都沒說啊。」

她覺得很煩，明明她從來就沒拿正眼瞧過岳辰一眼，但從頭到尾卻被江子悅當做假想敵，到現在直接撕破臉了。

至於嗎？

江子悅站在樓梯上，頗有些居高臨下的感覺，睨著阮思嫻。

「妳別太得意，真的以為自己是總裁夫人了？還差得遠呢。」

「打住打住。」阮思嫻覺得這事情還是要說清楚的，「我跟傅明予什麼都沒有啊，我現在單身哦。」

阮思嫻只是在澄清事實，而然在江子悅耳朵裡就變成了「我還沒答應他呢他就是這麼護著我我有什麼辦法」的炫耀。

「所以說妳年輕，以為別人追追妳就是真的把妳捧在手心了。男人不都一個樣，現在看妳新鮮跟妳玩玩，過了新鮮勁誰還記得妳是誰？」

好煩啊。

阮思嫻想回家了，不想跟她說話了，需要一句話止住話題。

「明白明白，這年頭別說生米煮成熟飯了，就算煮成爆米花，該跑的一樣跑，是吧？」

話音一落，如阮思嫻所料，江子悅的臉色果然變得很精彩。

想什麼呢，九〇一二年了，誰離了男人還活不了了。

執照在手，到哪裡不能開飛機，真當只有傅明予家裡有大飛機啊？

況且她和傅明予八字還沒一撇呢。

為了避免下一場嘴炮，阮思嫻及時溜了。

雖然江子悅的話沒在阮思嫻心裡留下什麼痕跡，但她還是默默罵了傅明予兩句。

狗男人，斷她桃花不說，還給她招惹是非。

正想著，狗男人就傳訊息過來了。

這幾天傅明予一直很忙，幾天內飛了幾個城市，阮思嫻幾乎沒見過他，也沒主動聯絡過他。

都是他時不時打個電話過來。

打電話就打電話吧，但也沒說什麼正事，都是說一些零碎的瑣事，而且每次說不了幾分鐘他就掛了電話去忙。

但是每次接這幾分鐘的電話，阮思嫻心裡都覺得怪怪的。

就是因為沒聊什麼正經事，反而顯得不正常。

合理懷疑他在溫水煮青蛙。

傅明予：『考完了？』

阮思嫻邊走邊回。

阮思嫻：『早就考完了。』

沒等他回覆，阮思嫻又問。

阮思嫻：『江子悅是你開除的？』

傅明予：『江子悅是？』

阮思嫻：「……」

阮思嫻：『就是那個空服員！那天跟我吵架那個，你金魚記憶嗎？』

「是我開的。」

熟悉的聲音響起，阮思嫻的腳步突然頓住，抬頭一看，傅明予在夕陽下站著，周身彷彿鍍了一層淡淡的金光，顯得他的五官特別柔和。

而看見他雙眼的那一剎那，阮思嫻心頭猛跳了一下。

跳什麼跳？妳跳什麼跳？

人家不就承認了是他開的嗎？又沒說是為了妳，給我停下，不准跳！

傅明予：「回家？」

「嗯。」

傅明予朝她伸手，「走吧，我送妳。」

他的一舉一動太自然，阮思嫻反應過來時，手已經抬起來快要放到他掌心了。

就說這個人在溫水煮青蛙吧！

為了不讓他看出破綻，阮思嫻順勢嫌棄地拍開他的手。

「天氣好，我要走路。」

說完就朝大門走去，傅明予默不作聲地並肩跟在她身旁，司機開著車默默跟在後面。

阮思嫻的腳步邁得有些機械，而傅明予一直配合著她速度。

「傅明予。」

「嗯。」

阮思嫻覺得這事要問清楚，不能跟他一樣自作多情。

「你開除她，是因為我嗎？」

傅明予覺得她這個問題問得很奇怪。

如果不是為了她，幾千人的乘務部，他哪裡有閒工夫去管其中一個寂寂無名的空服員。

「不然呢？還能為了誰？」

阮思嫻愣怔片刻，心裡有些酥酥麻麻的感覺。

她其實明白，這事對傅明予來說只要一個眼神的功夫，底下自然有人為他處理得乾乾淨淨，他並不需要花多少力氣。

可是她還是感受到那麼一絲不講道理的偏護。

哦，不對，在那之後，她悄悄跟幾個熟悉的空服員打聽過，確實沒有任何人敢再提那些流言了。

即便是私下。

那幾個空服員告訴她，每個部門的上司召開例會的時候，專門強調過，如果再有這些流言蜚語傳出來，全都去人事部領辭退金，世航不差那點錢。

好吧，不只是一絲絲偏護。

她抬頭看傅明予一眼，「傅總，你公私分明的人設有點崩啊。」

「妹妹，妳好像沒有自知之明啊。」傅明予轉頭看她，「妳一次次在我頭上撒野，竟然還覺得我公私分明？」

「啪」一下，阮小青蛙好像在無形的打臉聲中墜入了溫水中爬不起來了。

阮思嫻發現，她居然被那一聲「妹妹」叫得有些臉紅。

而傅明予卻渾然不覺有什麼不對。

一把年紀了還玩哥哥妹妹那一套，丟不丟人。

阮思嫻沒說話，卻突然加快了腳步。

初秋的風不太溫柔，吹在臉上有點瑟瑟的感覺。偶爾踩到幾片落葉，發出「沙沙」的聲音，被兩個人的沉默放得無限大。

也不知道過了多久，阮思嫻突然停下腳步。

「你為什麼一直看著我？」

傅明予笑得無賴：「妳不看我怎麼知道我在看妳？」

阮思嫻：「……」

好像還真的是這麼個道理。

阮思嫻瞪了他一眼，「不走了，上車。」

可是上了車坐好後，阮思嫻還是感覺傅明予在看她。

「你到底在看什麼？」

她都這麼說了，傅明予便不再看她，轉而看向前方，雲淡風輕地說：「我在看妳到底臉紅什麼。」

像被戳破偽裝一樣，阮思嫻渾身的刺立刻豎了起來。

「你眉目下兩個窟窿是長來喘氣的嗎？」

「……」

阮思嫻理直氣壯且凶巴巴得讓傅明予都覺得他是瞎了。

車內氣氛再次陡然降低。

突然，阮思嫻的手機響了一下。

她拿出來看了一眼，猶豫片刻，掛掉。

沒半分鐘又響了起來，她還是掛掉。

等第三次響起來的時候，她直接按了靜音不管了，但嘴裡還是忍不住嘀咕一句：「煩死了。」

傅明予注意到她的動作，問道：「誰？」

阮思嫻不想說，隨口道：「沒什麼。」

越是敷衍，傅明予就越是覺得不對勁，目光在她身上來回打量一圈，似乎感覺到了別的東西。

「前男友的電話嗎？」

阮思嫻覺得這男人腦迴路有點不正常，他是從哪裡嗅出來這是前男友的電話的？

「怎麼，你前女友沒事會奪命連環 call 嗎？」

傅明予哂笑，沒接她的話，轉頭看窗邊。

接下來的一段路，兩人誰都沒說話。

電話是董嫻打來的。

自從生日那天她知道了阮思嫻的住址後，還來等過一次，不過那天阮思嫻剛好坐司小珍的車回去，兩人便沒碰面。

而今天她一直打電話，大概是又來了。

果不其然，當車開到名臣門口時，阮思嫻看見那輛保時捷。

夕陽投射在鋥亮的車身上，晃得刺眼。

還好她今天坐傅明予的車回來，不然計程車在門口停下，勢必要碰一面。

她轉頭看了傅明予一眼，他完全沒注意車外的情況，盯著車窗也不知道在想什麼。

車開到樓下後，阮思嫻一邊拉開車門，一邊說：「我回去了。」

傅明予面無表情地「嗯」了一聲。

阮思嫻關上車門，還沒走到臺階上，車便啟動，朝前開去掉頭。

吃了一嘴廢氣的阮思嫻莫名其妙地看著傅明予的車。

打開家門，阮思嫻看到司小珍坐在沙發上，差點沒嚇得離開這個美麗的世界。

「妳怎麼來了？」

司小珍本來著急地打著電話，看見阮思嫻完完整整站在面前了才放下心來。

「妳怎麼回事啊？我剛剛一直打電話給妳都沒接，還以為妳出什麼事了。」

「哦。」阮思嫻一邊換鞋一邊說，「手機關靜音了我沒注意。」

「嚇死我了。」司小珍指指冰箱，「我今天看超市藍莓打折，就多買了些，已經洗好了幫妳放冰箱了。」

說完，她又不滿地皺眉，「還好我有妳家密碼，不然妳冰箱發黴了妳都不知道。」

「我最近沒在家做過飯。」

阮思嫻進房間換衣服，司小珍也跟了進去，本想閒聊兩句，卻一眼看見床頭的模型。

司小珍立刻跪到床上去拿。

「妳小心點！」阮思嫻衣服脫到一半，衝過去拍了下司小珍的手，「很重，別摔了。」

司小珍不管她，雙眼放光的捧著模型，仔細打量，「這是德產哈維蘭彗星吧，好精緻啊，哪裡買的？很貴吧？」

「不要錢。」阮思嫻轉過去換衣服，背對著司小珍，聲音小小的，「送的。」

司小珍驚嘆這架模型的精緻，翻來覆去看了好幾遍，才眨著眼睛問：「誰送的呀？」

阮思嫻感覺她眼神裡好像知道了什麼，又覺得不可能，於是敷衍過去：「朋友送的。」

「這位朋友姓傅？」

「……」

看見阮思嫻有點震驚又有點心虛的眼神，司小珍就知道自己說對了。

「機翼上面刻著他的名字呢，想騙誰。」

這個阮思嫻還真的沒注意到，她把模型拿過來，翻了個面，才在機翼下面看見「FMY」三個字母。

這狗男人，送個刻了他名字的模型，太不要臉了。

阮思嫻放下模型往外走，司小珍跟在她後面問，「什麼情況啊？」

「什麼什麼情況？」

「妳別跟我裝啊，又不是十幾歲的小女生了，害什麼羞。」

阮思嫻越走越快，打開冰箱拿了瓶水喝，面無表情地說：「謝邀，人在太空，剛下飛船，沒訊號。」

司小珍：「妳這樣就很沒意思了，妳把他睡了嗎？」

「……」

阮思嫻差點被水嗆死。

「妳這個人怎麼回事？」

「要不然妳為什麼躲躲藏藏的？」

司小珍靠在冰箱上打量阮思嫻，反正心裡已經有了答案，也不追問了，「我覺得還挺神奇的，上次卞璿跟我說妳在酒吧打了他一巴掌，他竟然沒殺了妳，現在是在追妳嗎？」

阮思嫻沒說話，默認。

司小珍便更好奇了，「不是，我說他這是什麼情況啊？妳不是挺討厭他的嗎？」

阮思嫻嘟囔道：「是討厭他。」

「對啊，我就更不理解了，要是妳討厭的人也討厭妳，這才是正常的，說明你們是同路人，可是妳討厭的人喜歡妳，這說明——」

「說明他還挺有眼光的。」

「……」

司小珍無法反駁這個邏輯。

由於阮思嫻像一隻撬不開嘴的悶葫蘆，這個話題也沒繼續下去，兩人聊到最近的假期，阮思嫻說她想去附近玩，司小珍卻要去一趟臨城。

「我大學校慶，大家順便搞個同學會，我得去一趟。」

說到大學，阮思嫻想起昨天宣傳部的一個同事還問她參不參加這次的招生宣傳，理由跟傅明予說的一樣，有女機師參加才會吸引更多的女生。

阮思嫻倒是有時間，只是覺得休假不想去幹別的，就想在家裡待著，於是拒絕了。

然而事情的轉折，源自第二天的飛行任務。

飛行部又幫阮思嫻排了教員帶飛。

阮思嫻和教員有說有笑地上了飛機，等客人都上來了，乘務組關閉艙門。

這時，阮思嫻的耳麥裡突然響起機務的聲音，她臉色一變。

跟教員對了下眼神，兩人立刻讓乘務組打開艙門下了飛機。

機翼旁邊，幾個機務分散開來，彎著腰四處尋找著什麼。

其中一個機務攤開手心，裡面放著兩枚硬幣。

阮思嫻差點沒當場暈厥。

現代科學社會了，是哪個撒幣在這裡撒幣？

就在剛剛，機務檢查情況的時候，在這架飛機的下面發現兩枚硬幣，所有人頓時如臨大敵，開始仔細搜查。

這種情況已經不是第一次遇到，大家都很頭疼。

通知乘務組廣播詢問後，沒人承認。

於是機組一邊尋找還有沒有其他的硬幣，一邊調出監視。

錄影顯示，一個中年男性乘客在進入客艙前，趁著安全員和空服員不注意，朝著機身拋了幾枚硬幣。

由於監視錄影看不清撒了幾枚硬幣，乘務組把那位乘客叫了出來。

中年男人穿得人模人樣的，還戴著個大墨鏡，出來了也不願意摘下來。

他承認硬幣是他拋的，一共拋了四個。

教員直接在一旁氣笑，話都不想說。

阮思嫻感覺頭頂冒著煙，鼻子裡呼出的大概也是白煙。

她深吸一口氣，努力讓自己的語氣平靜。

「您為什麼要拋硬幣？」

墨鏡男絲毫沒有愧疚心，理直氣壯地說：「祈福。」

阮思嫻就知道是他媽的弱智理由。

「您祈什麼福呢？是安檢讓您不滿意了還是您覺得這個停機坪看起來像錦鯉池？」

誰都聽得出來阮思嫻的語氣已經極力隱忍著怒意，而墨鏡男渾然不覺，原地磨蹭了幾秒，轉頭跟身後的安全員說：「主要是……我剛剛在廊橋上看見是個女司機，我不放心啊，女司機多坑啊。」

「……」

神他媽女司機。

大概是氣到極致，阮思嫻反而異常平靜，一句話都沒說，跟安全員揮了揮手。

安全員立刻報了警，墨鏡男瞬間就嚷嚷起來了：「怎麼還報警？我怎麼了？你們幹什麼啊？」

一個機務朝他冷笑：「您不僅要進警局，要是引擎要拆下來檢查，你就等著賠款吧，也不多，幾萬塊而已。」

說完，安全員直接把他架了出去，墨鏡男的嚷嚷聲漸漸消失在廊橋裡。

剩下的兩個硬幣沒在地面上找到，機務用攝影探頭伸到飛機引擎內才看到。

但是由於位置太靠內，只能拆除引擎的部分零件進行操作。

連機務都忍不住罵髒話：「靠，今天又要連夜加班。」

這趟航班自然要取消。

乘客們怨聲載道的下飛機的時候，傅明予也來了。

他繞機看了一圈，最後站到引擎前，眉頭緊蹙著。

機務跟他說了情況後，他拿攝影探頭看了一眼，阮思嫻也俯身過去看。

兩人靠得極近，阮思嫻沒注意她只要動一下，臉頰就會蹭到傅明予的下巴。

「你說義務教育是不是沒普及好啊？」阮思嫻看見那兩個硬幣的影像，想像著引擎啟動後被損壞的模樣，感覺心口都在疼，「要是起飛了會多慘烈啊。」

傅明予慢慢移動探頭的位置，低聲道：「妳還挺心疼。」

阮思嫻：「廢話，我能不心疼嗎？」

傅明予輕笑：「妳家的飛機嗎妳心疼。」

阮思嫻：「……你是ＥＴＣ嗎這麼會自動抬槓？」

傅明予沒說話，收了探頭的同時食指敲了敲阮思嫻的頭。

「航班取消了，回去休息吧。」

阮思嫻也直起身，一轉頭，看見身後一排人全都看著他們。

怪不得剛剛感覺四周那麼安靜呢。

阮思嫻當然沒有真的回去休息。

員警來了，正在詢問情況，阮思嫻必須在場。

但是整個詢問過程，墨鏡男一直在強調他不放心女司機才拋硬幣祈福的。女司機女司機女司機……阮思嫻實在聽不下去直接起身走了。

回到世航大廈，阮思嫻拖著飛行箱走得飛快，氣沖沖的樣子直接嚇退幾個想來詢問情況的同事。

倒是有幾個不知情的宣傳部的女同事結伴下樓吃午飯，在電梯裡遇到阮思嫻，跟她打了個招呼。

「小阮，下飛機了？」

「沒呢。」阮思嫻說，「航班取消了。」

航班取消是時有的事情，幾個司空見慣的女同事也沒多問，聊起了別的。

「最近不是校招高峰期嗎？嘉實大學那邊學術報告廳檔期排不過來，改到大禮堂了，我看了他們那個LED螢幕，尺寸不對，要重新做PPT。」

「妳這個還好，我們做海報的才慘呢，允和大學報告廳不夠用，直接提前了兩天，我海報還沒做完呢，今晚要熬夜加班了。」

說到允和大學，那個人回頭問阮思嫻：「小阮，妳不去宣傳會啊？妳母校欸，回去搞搞多風光啊。」

她們說的是今年世航飛行學院巡迴招生的事情，要去各大學宣傳，招收在校大學生，作為大改駕學員培養。

阮思嫻之前說過不想去，可這時候同事再問，她滿腦子都是那個墨鏡男嘴裡的「女司機」，一時氣不過，當場就答應了。

最好全招女生，滿天女司機，嚇得你一輩子別坐飛機。

但到了宣傳會這天，阮思嫻還是有點緊張。

她大學時讀的科系是物理系，很少有機會上臺，直面黑壓壓的人群時，心裡一直打著鼓。

當她拿著麥克風上臺，演講廳裡的男生瞬間沸騰了，還有人拿出手機拍照。

阮思嫻清了清嗓子，正準備說話時，又看見傅明予從後門走了進來。

今天中午傅明予跟她說過，下午有空，等宣傳會結束了來接她。

阮思嫻就不明白有什麼好接的，公司明明有統一派車，你來接我，是想公然搞特殊待遇還是嫌我身上標籤不夠重？

來接就算了，沒想到他居然進來了。

隔著老遠，阮思嫻朝他拋過去一個隱晦的白眼。

傅明予接住這個白眼，但表情毫無波動，低調地站在角落裡安靜地看著她。

簡短的講解完畢後，輪到學生提問。

男生特別踴躍，一開始的問題還算正經，到後面就開始跑偏。

「姐姐，妳單身嗎？」

這個引起底下一片騷動，阮思嫻咳了聲，簡潔明瞭地說：「是。」

話音落下的同時，阮思嫻下意識朝傅明予看去。

他單手插著口袋，目光遙望過來，被頭頂的燈光截斷，看不清眼神。

那個男生又接著問：「那姐姐妳考慮姐弟戀嗎？」

阮思嫻：「……」

面對又一波哄笑，阮思嫻嚴肅地說：「我不喜歡弟弟。」

那個男生只是熱情了點，人還是比較單純，在四周的哄笑中訕訕說道：「哦，喜歡哥哥啊……」

時間有限，宣傳會到此結束。

最後一個環節是現場遞交履歷和提問，阮思嫻他們被團團圍住，抽不開身。

但她抬頭看了傅明予一眼，見他沿著最旁邊朝前排走去，跟她指了一下前門，示意他在那裡等。

大約二十分鐘後，學生才紛紛離場。

宣傳部的同事在收拾東西，阮思嫻沒什麼事，正準備走，卻被一個人叫住。

「阮思嫻？」

那道聲音有些不確定，直到阮思嫻回頭，那人才欣喜地走過來。

「真的是妳啊，我剛剛在後面看了很久，還以為看錯了。」

這人叫謝瑜，是阮思嫻大學直屬學長，畢業後保送本校研究生，現在又讀到博士。

兩人自從畢業後就沒見過面，所以一開始謝瑜在後排湊熱鬧的時候只是覺得眼熟，不太確定。

「妳現在是機長了？厲害呀！」

阮思嫻連連擺手，同時臉紅：「沒有沒有，我只是副駕駛。」

「之前不是說妳去當空服員了嗎？怎麼現在成機師了？」

兩人從這個話題聊起來，謝瑜很好奇，話題就有些止不住，不知不覺過去了二十多分鐘。

直到宣傳部的人把東西都收拾好了提醒了阮思嫻，她才回過神。

「那我先走了？」

「行，妳忙。」

臨走前，謝瑜主動說留下聯絡方式，於是兩人又加了好友還留了電話號碼。

阮思嫻握著手機朝前門走去，連腳步都有點小雀躍。

走著走著，她又摸了一下自己的臉。

剛剛跟他說話的時候還算鎮定吧？沒有表現得很興奮吧？

這可是謝瑜欸，當年學校的風雲人物，在論壇要涼不涼的時候，他憑藉一己之力帶動了允和大學論壇的流量，其中還有他的專題樓，裡面全是他的各種照片。

走到前門，阮思嫻忙著幫謝瑜的電話號碼改備註，用手肘碰了碰傅明予。

「走吧。」

傅明予垂眼看一下她的手機，走了出去。

允和大學有門禁，只有公務車能開進來，而傅明予來接阮思嫻是私事，所以他的車停在外面。

兩人並肩朝校門走去，阮思嫻一路走走看看，感慨著幾年沒回來，學校變化居然這麼大。

旁邊傅明予冷不防出聲：「剛剛那個是誰？」

「啊？」阮思嫻愣了一下，「誰啊？」

「跟妳說話那個。」

「哦，瑜哥啊，以前的學長。」

傅明予淡淡地說：「挺帥啊。」

「確實。」阮思嫻說，「當年公認的校草，也不知道現在學校有沒有比他帥的，反正我大學時他最出名，偏偏人家成績還很好，年年拿書卷，又是校籃球隊的，這些都不算什麼，他唱歌太好聽了，每次學校文藝演出他都是壓軸。那時他一上臺，底下的尖叫聲能把耳朵震聾。」

傅明予掀了掀眼皮，沒說話。

阮思嫻還在自顧自感慨：「後來聽說有明星經紀公司要簽他，我還以為他要去當明星了，沒想到他竟然一直在讀書，真的一心撲在研究高速對撞機上了。」

她四處看了看，「在學校待了這麼多年，也不知道收割了多少少女心。」

傅明予拿出手機看了看訊息，同時問道：「妳也被收割過？」

阮思嫻突然有些緊張，急忙道：「你別胡說啊。」

她眼神閃躲，語氣裡有些欲蓋彌彰的意味。

她確實曾經有那麼一點點……喜歡過謝瑜。

那時候凡是審美正常的女生誰不喜歡呢。

但是人家有一個從高中就交往的女朋友，時不時來學校查查崗，阮思嫻能怎麼樣呢，連聯絡方式都不敢加。

這麼多年過去了，校草還是校草，沒有被學術薅成阿哥，阮思嫻莫名有一種欣慰的感覺。畢竟比起美人遲暮，英雄謝頂同樣是令人扼腕的事情。

允和大學的桂花開了，在夕陽下一簇簇地閃著金光，特別可愛。

而傅明予一路上沒說話，阮思嫻自然也不會自言自語，沉默著走到了校門口。

這時候正是上課時間，人不多，校門外的小吃店卻全都張羅了起來。

聞到熟悉的花甲粉絲香味，阮思嫻有些饞。

要說最好吃的還是允和大學門口的花甲粉絲，她心心念念了好幾年，但又不至於讓她為了吃這個專門跑一趟。

今天都到這裡了，她有些忍不住。

「等等。」阮思嫻叫住傅明予，「我想吃花甲粉絲。」

傅明予從手機中抬頭看了她一眼，沒說什麼，轉頭朝那家店走去。

這家店還是跟以往的裝潢一樣，狹小又擁擠，坐不下幾個人。

阮思嫻見傅明予一直看手機，好像很忙的樣子，於是說：「要不然你先回去？我等一下坐公司的車回去。」

傅明予拉開一張凳子，拿紙巾擦了擦，說：「不用。」

行吧。

阮思嫻叫了一碗酸辣花甲粉絲，問傅明予，他說他不餓。

於是阮思嫻只能自己一個人埋頭吃。

期間傅明予一直看手機，沒什麼表情，也沒說什麼話。

阮思嫻吃到一半，問：「你要不要嚐一點？我幫你挑花甲。」

傅明予看著手機沒抬頭：「不用。」

「……」

不是，你不想來就不來，這麼不情不願的，搞得好像我在強迫你似的。

阮思嫻被傅明予的態度刺激到了，胃口消失了一大半。

她拿紙巾擦了擦嘴，說：「我吃飽了，走吧。」

傅明予聞言放了一張一百在桌上，起身就走。

阮思嫻望著他的背影，眨了眨眼睛。

還真是有病哦？

上車後很久，兩人都沒說話。

車開出校園外的減速帶，駛入公路。

阮思嫻看著時速錶，面無表情地問道：「你今天很忙嗎？」
傅明予撐著方向盤，淡淡道：「不忙。」
「不忙你開這麼快？」
「快嗎？還行，沒有高速對撞機快。」
「……」
你四個輪的跟原子對撞機比速度？你怎麼不跟你家飛機比高度呢？
阮思嫻懶得理他，扯了扯把腰勒得不舒服的安全帶，同時手機響了起來。
她拿出手機一看。
「……」
董嫻又打電話來了。
阮思嫻不是很想接，正要掛掉時，突然感覺汽車猛地偏了方向。
她側頭去看傅明予，只見他把車停在路邊，同時解開安全帶，打開車門走了下去。
「妳想接就接，我下車。」
車門「砰」一下關上，同時手裡的電話因為無人接聽自動掛斷。
狹小的車內空間頓時變得安靜而詭異。
阮思嫻看著路邊傅明予的身影，迷茫地眨了眨眼睛。

第十六章　擁抱

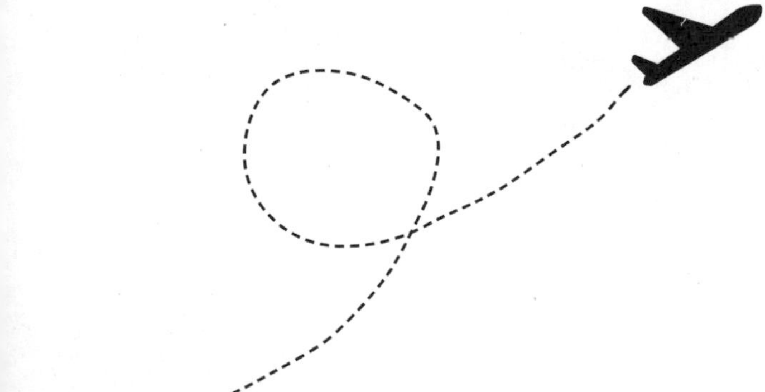

車正停在一個民宅區的路邊，行人不多，四處安靜的只有汽車喇叭聲。

阮思嫻透過車窗看著傅明予的側影，孤零零地站在那裡，嘴裡含了根菸，打火機「嚓」一下亮起火光，他偏頭點燃，白煙在他臉前嫋嫋升起。

阮思嫻趴在窗口，滿腦子問號。

在她疑惑的時候，傅明予回頭看了她一眼，目光對上，很快又若無其事地移開。

這男人怎麼回事？我接個電話怎麼了？哪裡來的莫名其妙的脾氣？

同時，手機鈴聲再次響起。

阮思嫻下意識又想掛掉，幸好她多看了一眼，是銀行打來的電話。

是推銷理財產品的，阮思嫻聊了兩句沒什麼興趣，就找了個在忙的藉口掛掉。

同時，傅明予回頭來，食指與中指之間的菸才燃了一半。

阮思嫻感覺他有話要說，於是把車窗搖下。

可是兩人對望了半天，卻沒人開口。

等到那根菸緩緩燃到末尾，傅明予才掐掉，轉身上了車。

繫安全帶的同時，他開口問：「這麼快就聊完了？」

我跟理財推銷員有什麼好聊的？

阮思嫻今天被他莫名其妙的愛理不理刺激夠了，不想再忍了。

反正你不想理我，那我也不煩你。

思及此，阮思嫻便要下車，但是手碰到安全帶的時候，腦子裡突然閃過一個念頭。

她抬頭細細地打量著他，腦海裡的念頭漸漸成型，眼裡也慢慢浮現出淺淺的笑意。

難怪他今天整個人不對勁呢，他該不會是吃醋了吧？

這車裡好酸啊！

車裡一個人沉著臉，另一個人卻若無其事的笑著，對比太明顯，低氣壓的那一個更加煩躁了。

傅明予緩緩發動汽車，開到空曠的大道上，眉梢微抬，目光聚焦在前方紅綠燈上，似漫不經心地說：「聊個電話就這麼開心？」

開心？是你太好笑了好不好？多大的人了吃個醋跟小學生似的。

「你吃醋了？吃電話推銷的醋了？」

他不說話，而阮思嫻嘴角都快咧到耳朵了，怕旁邊的人看出她肆意的笑容惱羞成怒殺人滅口，於是彎下了腰，雙手捂住臉。

但即便這樣，她的笑意還是從指縫裡漏了出來。

阮思嫻不知道的是，從傅明予的角度來看，她這種欲蓋彌彰的行為沒有起到任何作用。

——反而是在添火加柴。

傅明予腳底一用力，汽車突然加速，由於慣性，阮思嫻「砰」一下回彈，跌靠在座椅上，別在耳後的瀏海散開搭在眼前，披頭散髮模樣狼狽。

阮思嫻：？？？

阮思嫻呆滯地看著眼前的幾根頭髮，被震得久久緩不過神。

你這是什麼鬼脾氣？是你在追我還是我在追你？

還沒上位呢就這個脾氣，上位了豈不是要上天？

有你這麼追人的嗎？

直到回到名臣公寓，阮思嫻再也沒跟傅明予說過一句話。

等她摔門下車後，傅明予直接把車開了出去。

柏揚還在世航大樓等他，關於飛行品質監控改革的最後的執行會議將在明天舉行，屆時公司全體高層與會。

時至今日，事已成定局，但持反對意見的人依然存在。

柏揚瞧見傅明予黑沉沉的臉，心下忐忑，戰戰兢兢地把明天的會議流程給傅明予過目。

傅明予接過，同時手機響了一下，於是他便把流程單放在一旁，去查看訊息。

祝東傳來了幾則關於秋冬換季臨城機場新增航線的消息，想跟他找時間聊一聊。

傅明予回了個「好」，退出對話時，看見動態那一欄有小紅點。

他鬼使神差地點進去，果然右上角出現了阮思嫻的小頭貼。

『給你點陽光你就燦爛，給你點洪水你就氾濫，給你件外套你就出汗，給你個破布袋你爬裡面就下蛋！』

傅明予盯著這一段文字看了半晌，也不知是覺得好氣還是好笑。

這則動態在罵誰，不用問也知道。

阮思嫻也認為，傅明予應該很清楚。

可是兩分鐘後，她發現一個熟悉的頭貼出現在點讚列表裡。

點讚？還點讚？

阮思嫻怎麼從這個點讚中讀出了一股「朕已閱但朕不 care」的感覺。

還有沒有一點自知之明啊？

我在罵你啊愛新覺羅．明予！

除此之外，卞璿也留言：『妳又在罵誰呢？（疑問）（疑問）（疑問）。』

不等阮思嫻打字，司小珍就搶先回覆卞璿：『還能是誰呢？』

卞璿：『又吵架了啊？』

司小珍：『吵什麼啊吵，打情罵俏呢。』

卞璿：『把動態當戀愛基地，關掉了啊。』

司小珍：『我也是，受不了了。』

阮思嫻：『？』

這是打情罵俏嗎？這是真誠的辱罵好不好？

接下來的兩天，阮思嫻沒見到傅明予的人，他也沒打電話和傳過訊息。

醋勁還挺大呢。

阮思嫻再一次見到傅明予，是兩天後飛行部大會議室的門口。

那天下午她返航後拖著飛行箱經過那裡，看見黑壓壓的人群走出來，有些人面露高興，有些人卻緊縮眉頭。

為首的傅明予神色淡然，看不出情緒，唯有眼底淡淡一抹倦色。

這群與會人員離開會議室後便各回各的辦公室，而傅明予身後跟著柏揚和幾個助理，朝另一邊走去。

兩人隔得遠，傅明予根本沒注意到阮思嫻。

周邊的幾個同事在小聲議論，阮思嫻從傅明予身上收回視線，湊過去問：「你們在說什麼？」

范機長：「妳沒看群組啊？」

阮思嫻搖搖頭。

范機長說：「飛行品質監控改革不是說了幾個月了嗎？最後結果一直沒定下來。」

自從幾個月前俞副駕因為急性膽囊炎病發備降後，世航所有機師都在默默關注這件事的進展。

但也只是關注，並未報太大期望。

曾經有人提出過改革，但由於人力物力與現實情況的阻礙，最終不了了之。

而這次操持這件事的人是傅明予。

不是他們不信任，他的工作能力大家是看在眼裡的，只是覺得曾經胡特助都沒做下來的事情，傅明予顯然不會有太大的突破。

況且這次改革連傅董都持中立態度。

有人指指會議室的門，接著說道：「本來好像說是昨天的會議要定下來了，結果開了七八個小時，一直有人反對，然後今天又再次召開會議，也不知道定不定得下來。」

一頓七嘴八舌的議論後，范機長最後總結發言：「得了，別猜了，這也不是我們能決定的，回頭就知道結果了。」

說完，他轉身離去，負著手嘀咕：「要是傅總真的推翻了舊的制度就好了，唉……」

阮思嫻回頭看了玻璃長廊一眼，傅明予頎長的身影若隱若現。

她看了好一陣子，隱隱覺得，傅明予這段時間確實瘦了。

難怪感覺他今天看起來很累的樣子，連續兩天長時間會議，你還是人嗎？

阮思嫻咬了咬手指，再次朝玻璃長廊看去，傅明予的身影已經消失。

兩個小時後，兩份文件的出爐炸沸了世航飛行部的所有員工群組。

一份是《飛行品質監控管理規定（二〇一九試行）》，一份是《飛行資料應用負面清單》。

阮思嫻仔仔細細地看完這兩份文件，回到聊天對話時，幾個群組的聊天記錄全是「99+」，大家的興奮可見一斑。

畢竟機師因為ＱＡＲ受到的變相處罰已經太多案例，甚至某些事故都歸因於ＱＡＲ事件和處罰對於機師心理造成陰影的後果。

如今改革方案一出來，澈底拋棄了沿襲了近二十年的以罰代管的做法，換來了一個良性安全的環境，誰能不興奮呢。

同事群組裡的畫風慢慢變成對傅明予的歌功頌德，連分享的動態都不忘感恩傅總，也不在意他根本看不見這些，就是打從心底感謝。

阮思嫻覺得自己那則激情辱罵在一堆讚揚聲中顯得有點畫風詭異，於是偷偷摸摸地刪了。想了想，還有點心虛。

傅明予沒日沒夜地為了他們這些機師的工作環境做改革，跟一群老狐狸鬥智鬥勇，人都累得瘦了一圈，她還在因為他一腳油門跟他賭氣。

這樣一看，光是刪了那則動態還不夠。

於是阮思嫻分享了范機長分享的關於這次飛行品質監控改革的動態。

正要按傳送鍵的時候，阮思嫻頓了頓。

光是分享，傅明予可能看不出她的誠意。

那怎麼辦呢？總不能跟群組裡那些人一樣狂拍馬屁吧？

她掃了范機長附上的文字一眼，覺得還算中肯，實實在在的誇獎了傅明予這番作為，中肯又誠懇，傅明予應該能感受到吧？

於是阮思嫻隨手複製了范機長的原話。

傳出去後沒幾分鐘，傅明予就點了讚。

阮思嫻看著他的頭貼出現在點讚列表，勾唇笑了笑，心裡的負罪感頓時煙消雲散。

下一秒，傅明予傳來訊息。
這是這兩天傅明予第一次主動傳訊息給她。
傅明予：『永遠愛我？』
傅明予：『永遠跟隨我？』
阮思嫻：？
這男人在發什麼騷？
阮思嫻：『你在說什麼鳥語？』
傅明予沒回她了。
阮思嫻繼續傳訊息，勢要問出他發騷的原由。
阮思嫻：『你傳錯了？』
等了一下，還是沒回應。
阮思嫻越發相信他是傳錯了。
這麼曖昧的話說來就來，也不知道是在跟哪個女人調情。
狗男人居然養魚塘！
阮思嫻氣得咬牙切齒，打字的時候手指幾乎要戳爛螢幕。
阮思嫻：『你群傳的？』
阮思嫻：『傳給別的妹妹的哦？』
阮思嫻：『傅明予，你魚塘可真大呢。』

三則傳出去後。

阮思嫻等了一分鐘，傅明予遲遲沒有回覆。

好，狗男人果然是養魚塘被抓包了。

去我黑名單裡躺著吧！

阮思嫻氣得冷笑，正要拉黑他時候，他終於回了。

他傳來了一張截圖，是阮思嫻剛剛分享的內容，上面她附文洋洋灑灑一百多字，預覽畫面都裝不下。

而他點了「展開」，截圖後，專門把最後兩句話畫重點。

阮思嫻看到這張截圖，天靈蓋頓時尬得發麻。

——『我們世航沒有等到更大的事故來推動QAR的改革，畢竟那些事故可能沒有哪個機師或者公司能夠承擔得起！世航的做法才是真正把QAR用於飛行品質監控的正確做法，這樣才能真正做到對飛行技術的提高和航空安全的提升，而不是用QAR事件來處罰機師這種低級手段，大好的工具被濫用了。好比給士兵一把利刃，士兵卻用來濫殺無辜。傅總辛苦了！永遠愛您！永遠跟隨您！』

阮思嫻：「……」

她剛剛隨手複製的時候只覺得范機長誇得真誠又樸素，甚至沒看完就直接複製了，卻沒想到范機長在最後來了個更真誠又質樸的表達。

五十多歲的男人了為什麼還是這麼騷？

在阮思嫻尷尬之際，傅明予又傳了訊息過來。

傅明予：『下次複製用點心。』

阮思嫻：「……」

傅明予：『還有，我沒其他妹妹。』

傅明予：『只有妳一個。』

只有妳一個。

阮思嫻盯著這句話看了很久，感覺心裡有一股灼熱的膨脹感，撐得胸口悶悶的。

這男人直白起來還真是眼睛都不眨一下。

當然阮思嫻也不知道他在打字的時候是不是真的一點波動都沒有。

她在原地站了一下，機組的人已經走遠，只剩她一個人還在大廳。

手指在螢幕上輕敲了一下，阮思嫻打下幾個字。

阮思嫻：『吃晚飯了沒？』

傳出去的那一瞬間，阮思嫻有一點小小的緊張。

這兩天她跟傅明予沒見過面，也沒說過話，她覺得兩人之間隱隱有一種類似「冷戰」的感覺。

她現在算是主動求和了吧？

阮思嫻等了半分鐘，又傳了一則訊息過去。

阮思嫻：『傅總？』

沒等到傅明予的回應，反而等來了董嫻的一則簡訊：『阮阮，接電話，有急事。』

收到簡訊後不到一分鐘，董嫻就打了電話過來。

看到來電顯示不是傅明予，阮思嫻有一陣輕微的失落，接起電話的時候，語氣也有些無奈。

「怎麼了？」

董嫻：『妳姨媽病了，剛做完手術，妳來看看？』

阮思嫻抬手看了眼時間，「在哪？」

『市立第三醫院。』

阮思嫻的姨媽是董嫻的親姐姐，叫董靜。

原本是一個小學招生處的主任，後來董嫻再婚後，她也辭去了小學裡的職務，去鄭家的酒店集團做起了業務。

董靜以往在招生處就混得好，但畢竟廟小，等她去了更大的平臺才真正展現實力，混得風生水起。

阮思嫻到醫院的時候已是傍晚七點，秋天夜來的早，醫院的熱鬧在這靜謐的夜裡顯得格格不入。

阮思嫻根據指引到了心臟外科住院部，董嫻在病房門口等她。

算起來兩人幾年沒見面了，看見阮思嫻穿著制服走過來的那一瞬間，董嫻眼睛有些酸。

朝她走去時，腳步也有些虛浮。

「阮阮……」

她還想說什麼，卻被阮思嫻直入主題的話打斷。

「姨媽怎麼樣了？」

董嫻原本想說的話卡了一下，指指病房。

「還沒醒。」

「嗯。」

阮思嫻繞過她走進病房，看見董靜躺在病床上，手背上還掛著點滴，看護在一旁忙碌著雜七雜八的事情。

也不知道是不是心電感應，阮思嫻一走到床邊，董靜就醒了。

她迷迷糊糊地睜開眼睛，看見阮思嫻的那一刻，還有些茫然。

「姨媽。」阮思嫻俯身靠近，「好些了嗎？」

董靜是凌晨因為心包填塞進了醫院，立即安排手術，早上已經醒過一次，這時精神恢復了一小半。

「阮阮來啦？」她笑了笑，打量著阮思嫻身上的制服，笑道：「聽妳媽媽說妳現在是機師了，還真的是。」

阮思嫻小時候沒少去董靜家裡玩，那時候她還沒結婚，也沒孩子，把阮思嫻當做自己的親女兒看待。

後來董嫻離婚，阮思嫻一個人跟著爸爸過，跟董靜的接觸就淡了下來。

畢竟她不願意去，董靜也不好總去她家。

到後來董靜去鄭氏集團做業務，常年在國外待著，兩人幾乎沒見過面。

「怎麼好好的進醫院了？」阮思嫻問。

「好什麼好呀。」董靜揮揮手，讓阮思嫻靠近一點，「這些年日夜顛倒跑業務，身體早就不行了，妳也不找時間來看看姨媽。」

阮思嫻和董靜聊天的時候，董嫻一直站在身後，也不說話，默默地看著兩人。

十幾分鐘過去，阮思嫻感覺董靜說話有些力不從心，便打算走。

董靜看出她的意思，連忙拉住她的手，「阮阮，姨媽再跟妳說些其他的。」

「嗯？」

董靜看了身後的姐姐一眼，嘆氣道：「妳看當初妳爸爸媽媽離婚，妳不願意跟著媽媽走，後來妳爸爸去世，妳媽媽讓妳過去一起生活，妳也不願意。姨媽知道爸媽離婚對孩子有心理影響，可是這麼多年過去了，妳也長大了，應該能理解妳媽媽當初的選擇。婚姻啊有時候由不得自己，感情沒了就是沒了，再過下去也是互相折磨。但父母總是愛自己孩子的，妳就別再拗著了，媽媽就這一個，妳還上哪去找另一個呢？」

董靜說這話的時候，阮思嫻回頭看了董嫻一眼，她擰著眉頭，眼睛紅紅的，和她對上目光的那一刻，鼻尖一酸，眼睛立刻潤了。

阮思嫻轉回頭，繼續聽董靜說話。

她無非是想勸阮思嫻別跟董嫻賭氣了，即便要賭氣，這麼多年也夠了。這年頭這麼多離婚家庭，也沒見過像阮思嫻這樣跟媽媽老死不相往來的。

阮思嫻一聲聲應著，不管姨媽說什麼，她都說好。

直到董靜又累了，眼睛快睜不開了，阮思嫻才離開。

「姨媽，妳好好休息，我改天再來看妳。」

說這話的時候董靜已經睡著，沒有回應。阮思嫻拿著自己的東西出門，董嫻跟了出來。

「阮阮。」走到病房門口，董嫻叫住她，「我送妳回家。」

「不用了，我自己叫車。」阮思嫻轉身面對她，「還有，以後妳也不要來我家外面等我了，這樣很煩。」

聽到那個「煩」字，董嫻才明白，原來她剛剛一口口答應的好好的，都是在哄她的姨媽。

她鬆動的表情一點點崩塌。

阮思嫻從包裡拿出一張卡，塞到董嫻手裡。

「這是這些年妳匯給我的錢，我一分都沒動過，妳自己留著吧。」

董嫻沒接，卡落到地上，也沒人去撿。

她盯著地上那張陳舊的卡，擠壓了十多年的不解與無奈全在這一刻爆發。

當初離婚的時候她不是沒考慮過對孩子的傷害，但一段婚姻走到盡頭並不是她一個人的錯，那時候阮思嫻年紀小，不懂事，她可以包容。但是現在阮思嫻都二十幾歲了還這樣，她實在無法理解。

「阮阮，妳為什麼就不能接受我跟妳爸爸離婚的事實？我承認，當初為了照顧妳的心情，我和妳爸爸從來沒有在妳面前吵過架紅過臉，突然說起離婚，妳可能接受不了，可是那段時間我們的變化妳真的看不出來嗎？」

阮思嫻舌尖抵了抵腮幫，沒有說話。

她當然不覺得離婚就一定是錯的，可是董嫻怎麼能這麼理直氣壯，以為她什麼都不知道？

他們是在阮思嫻十四歲那年離婚的，她上國三。

國三下午要比國一國二多上一節課，每天下午六點放學。從學校到家有二十分鐘路程，但還有一條小路，只需要十分鐘，不過中間要翻一道矮牆。

阮思嫻那時候皮，和她同行的另一個女生不願意翻牆，她就每天自己走小路。

她家在一條老巷子裡，面北是朝向大路的通道，面南是一條小徑，平時沒什麼人，翻過矮牆後再經過一片廢棄的工地就是這條小徑。

記不清具體是哪一天，阮思嫻揹著書包跳下矮牆，剛經過工地就看見她媽媽從一輛賓士車上下來。

她躲在廢棄的板房後面遠遠看著，直到董嫻轉進小徑，她才出來。

後來很長一段時間，阮思嫻陸陸續續見過那輛賓士車幾次。

有時候他們會在那邊停很久，兩人在車裡不知道說什麼。

有時候那個男人會下車，打開後行李廂拿一些東西給董嫻。

阮思嫻從來沒看清那個男人的模樣，只覺得是一個有點胖有點老的男人。

還有一次，她看見那個男人給董嫻一個小盒子，董嫻收了，放進包裡轉身回家。阮思嫻隨後到家，趁著董嫻做飯的時候去翻了她的包，發現是一條項鍊。阮思嫻家裡窮，沒見過什麼珠寶，但憑她自己的猜測，這東西應該價值不菲。

所以董嫻不知道，離婚不是阮思嫻的心結，這才是。

過了沒幾個月，董嫻跟阮思嫻的爸爸提出離婚。

離婚拉鋸戰維持了幾個月，期間董嫻搬了出去。阮思嫻不知道她住在哪裡，也許住在那個男人家裡。

後來阮思嫻的爸爸終於同意離婚了，問阮思嫻，她想跟著誰過。

阮思嫻想都沒想就直接說跟著爸爸過。

然後兩人面對面坐了很久，沒說話。

最後董嫻起身說：「好。」

阮思嫻當時說不出心裡是什麼感覺，她以為董嫻會跟她談很多，會勸她跟著她過，可是她只說了個好。

過了好幾天，家裡已經沒了董嫻的一事一物，阮思嫻才後知後覺的反應過來。

啊，我果然還是被拋棄了啊。

阮思嫻久久地出神，最後被董嫻的一句話拉回來。

「阮阮，我跟妳爸爸離婚，不是我一個人的錯，妳這樣對我不公平。」

「我爸是窮，是沒本事，但至少我爸對妳一心一意。」

阮思嫻丟下這麼一句話，轉身就走。

董嫻遲遲反應不過來，不明白阮思嫻這句話是什麼意思，怎麼突然扯到「一心一意」上了？

等她清醒過來時，阮思嫻的身影已經消失在電梯裡。

走出住院部，天已經全黑了。

阮思嫻站在路邊等車，盯著車流發呆，沒注意到一輛黑色轎車緩緩停在她面前。

鄭幼安搖下車窗，抬了抬墨鏡，確定是阮思嫻後，問道：「妳怎麼在這？」

阮思嫻回神，看了她一眼，鄭幼安又問：「妳生病了？」

「沒。」阮思嫻說，「我來看看親戚。」

「哦，我也是來看親戚。」鄭幼安問，「妳那邊怎麼樣啊，沒事吧？」

阮思嫻看著鄭幼安，不知道該說什麼。

她想，如果當時她沒看見那輛車，或者董嫻那時候再強硬一點，可能她就跟著董嫻走了，現在跟鄭幼安或許是好姐妹。

「沒事，妳快進去吧。」阮思嫻說，「後面有車來了。」

鄭幼安走後，阮思嫻招了一輛計程車，司機問她去哪，她想了想，報了卞璿酒吧的地址。

到了後，發現今天是週末，客人特別多，卞璿忙得腳不沾地。

阮思嫻坐了一下就回去了。

期間手機一直在響，她煩，就關了靜音，還想著什麼時候換一張電話卡。

到名臣公寓時不到十點，她走得很慢，路上還遇到了一個遛狗的老太太。

吉娃娃凶得很，朝著阮思嫻大叫，把她嚇得連連退了好幾步。

老太太見阮思嫻眼睛都紅了，立刻把狗抱起來道歉：「哎呀妹妹，不好意思，我的狗只是凶了點，不咬人的，妳別怕。」

阮思嫻沒說話，一路小跑進電梯。

十幾秒電梯上升的時間，阮思嫻沒來得及整理好表情就到了。

她拉著飛行箱，一邊朝家裡走，一邊揉眼睛。

聲控燈應聲亮起，一抬頭，看見傅明予站在她家門口。

「妳去哪裡了？」

「你怎麼來了？」

兩人異口同聲，而傅明予說完這話，看見阮思嫻表情不對。

他慢慢走近，俯身靠近阮思嫻的臉聞了一下，「妳又喝酒了？」

這次阮思嫻沒否認，低低地應了一聲，然後越過傅明予去開門。

她走進客廳，放下飛行箱，傅明予跟在她身後，站在電視旁邊。

「我忙完看見妳的訊息，打電話給妳沒人接。」

「哦，我沒看手機，對不起啊。」

阮思嫻轉身，看著傅明予，嗓子突然癢了一下。

剛剛她隨手開了玄關處的燈，透到客廳裡，影影綽綽得照在傅明予身上，顯得這個人好像是不是真實存在的一樣。

可是即便這樣，這個人站在那裡，竟然就讓阮思嫻產生了一股想要抱抱的感覺。

阮思嫻摸了摸小腹。

可能是最近處於排卵期，催產素分泌過旺才會產生這種感覺。

多喝點水加速新陳代謝就好了。

她望著傅明予，開口道：「傅總，我想喝水。」

傅明予看著她的眼睛，試圖從她眼裡看出什麼。

幾秒後，他放棄，轉身去廚房倒了杯熱水。

出來時，阮思嫻已經脫了鞋坐在沙發上，蜷縮著雙腿抱著膝蓋。

傅明予把水杯遞給她。

阮思嫻接過，一口氣喝光，最後還嗆了一下。

傅明予坐到她旁邊幫她拍背，兩人之間只有不到一拳的距離。

當他伸手拍到阮思嫻的背時，手臂形成一個圈，環在她身上。

手掌輕輕落下時，好像把她抱住了一樣。

但下一秒又抬起，環繞感隨即消失，隨之而來心裡空落落的。

每一秒，阮思嫻都想抓住那種轉瞬即逝的懷抱感，多想他別把手抬起來，就那樣放在她背上。

「妳怎麼了？」

傅明予沒等到回答，低頭去看她，她反而把臉澈底埋在膝蓋裡了，整個人像一個縮在母胎裡的嬰兒，「要抱一下嗎？」

阮思嫻：「……」

她還沒想好怎麼說，傅明予突然伸手攬住她，把她的頭按在胸前。

「妳不說話我就當妳默認了。」

阮思嫻當然無話可說。

她現在很沒有安全感，想要有一個懷抱去放縱的依賴。

而他的懷抱溫度剛剛好，還有一股清冽好聞的味道。

阮思嫻有些貪婪地嗅了兩下，臉緊緊貼在他胸上，起起伏伏有些癢。

屋子裡靜謐無聲，窗外又開始飄雨。

秋天的雨比春雨還要來得纏綿，稀稀疏疏地穿過樹葉，發出一陣陣細碎繾綣的聲音，和傅明予的呼吸聲糾纏在一起，難分彼此。

也不知過了多久，一場雨停了，外面的萬家燈火漸漸熄滅。

阮思嫻感覺幾根細碎的頭髮被傅明予的呼吸拂到她臉頰旁，有些癢，於是挪了挪位置。

頭頂突然響起一道聲音。

「別蹭了，再蹭就要收利息了。」

阮思嫻一秒抬起頭，「什麼利息？」

她直起腰看傅明予，他的手自然滑落到她的腰上。

傅明予偏了偏頭，垂頭看著她，「比如，親一下？」

他說這話的時候，嘴角有淺淺的笑，看起來很不正經。

阮思嫻愣了一下，抬手輕輕拍一下他的臉頰，隨即跳下沙發。

「你想得美。」

傅明予慢慢站起來，頗有些無奈的感覺。

「行，欠著。」

你倒是很會給自己找臺階下。

阮思嫻轉身不理他，拿起空的水杯放到廚房水槽清洗。

傅明予跟在她身後，伴著細微的水流聲，問：「不難過了？」

阮思嫻使勁擦著杯子，「嗯」了一聲。

「那我回去了。」

阮思嫻低著頭，幾不可聞地說了聲：「謝謝。」

傅明予沒聽到，但是走到半路，又轉頭問：「明天下午有空嗎？」

「怎麼了？」

「陪我出去一趟？」

「去哪裡？」

「朋友聚一下。」

阮思嫻轉頭望著他，雖然沒說話，但眼裡明顯表露出一種「你跟朋友聚為什麼帶上我」的詢問。

真不懂還是裝不懂呢。

傅明予轉了轉脖子，嘆息聲拉得很長。

「別人有老婆的帶老婆，有女朋友的帶女朋友，我不想一個人去。」

說的還挺可憐。

「哦，這樣啊。」阮思嫻轉身繼續擦著杯子，眉梢微抬，「你可以不去。」

「……」

傅明予低頭看她，不確定自己剛剛是不是在她嘴角看到了淺笑。

「季度獎金雙倍，去不去？」

阮思嫻重重放下杯子，「砰」一下，做出了一副「你以為我會為了錢屈服嗎」的氣勢。

短短沉默幾秒後。

「明天幾點？」

沒錯，我就是沒必要跟錢過不去。

「兩點。」傅明予慢慢倒退出廚房，朝她抬了抬下巴，笑道，「我來接妳。」

秋天的雨斷斷續續，夜裡又下了起來，纏綿到早上，雨勢連帶氣溫一起降了下來。

阮思嫻難得睡得這麼不安穩。

臨近黎明時她做了個夢，夢境破碎毫無邏輯卻又互相牽連，一個個場景像走馬燈似的從她面前閃過，並未身臨其境，反而像個觀影人。

先是看見小時候常常翻的那道牆轟然倒塌，砸碎的卻是家裡屬於董嫻的梳妝檯。

一轉身，又看見董嫻拿著調色盤，恍若未聞地坐在窗前畫著油畫。

阮思嫻走近了看，那副油畫竟然是長大後的她的模樣。

夢境最後的記憶到這裡就模糊了，阮思嫻睜開眼睛時，牆上的時鐘已經指向八點。

她一個鯉魚打挺坐起來，沒心思沉浸在夢裡的情緒，立刻下床洗漱。

今天早上有個安全培訓，不出意外應該會進行到中午。然而傅明予說的時間是下午兩點，她本來還想提前起來打扮一下，現在看來是沒時間了。

不過緊趕慢趕，她還是在十二點半回了家，留出了一個半小時的時間。

一個半小時實在不算充裕，光是洗個頭再吹乾就花去了半個小時。

化完妝後便只剩堪堪二十分鐘，她卻站在衣櫃前猶豫不決。

今天又降溫了，天氣軟體提示注意保暖，但阮思嫻來來往往翻了幾件大衣，不是覺得這件太豔就是那件太厚，穿著跟個熊似的。

她最後選了兩件出來讓卞璿和司小珍參考。

卞璿：『這麼鄭重要去做什麼？』

鄭重嗎？好像是有一點。

她就是莫名產生一種今天不能隨隨便便素面朝天出門的感覺。

司小珍：『約會？』

本來阮思嫻已經打上了「不算」兩個字，但想了想，又刪掉。

阮思嫻：『賺錢。』

傳完後也不管那兩個人傳來的一連串問號，阮思嫻放下手機，決定還是自己做選擇。

從內搭到外套，明明有精緻又亮眼的新款，但阮思嫻卻下意識選了適合秋天的素淨顏色，覺得不能讓人看出她的精心打扮。

但藏不住的小心機卻落在了香水和首飾上。

最後她又在鞋子的選擇上犯了難。

鞋櫃在玄關處，阮思嫻一眼掃過去，有些糾結。

她是想穿細高跟鞋的，但不知道今天是個什麼場合，需不需要走路。

一時遲疑，門鈴便響了。

阮思嫻順手開門，推出去一點，門便被外面的傅明予接手拉開。

視線一點點延展，彷彿一卷畫軸被慢慢鋪開，看到阮思嫻的全貌時，傅明予眼神定了定，眸光漸深。

「幹什麼？」見他不說話，阮思嫻朝他勾勾手，「幫我選雙鞋子。」

傅明予的目光一寸寸從她身上挪開，最後俐落看向鞋櫃，隨手指了一雙黑色細高跟鞋。

阮思嫻看向那雙鞋子嘀咕：「你眼光還挺貴。」

一眼看中她最貴的鞋子。

傅明予低聲道：「我看上的什麼不貴？」

阮思嫻一邊穿鞋一邊問他：「你說什麼？」

「沒什麼。」

傅明予見她只有最後一道程序，於是退出去一步讓位置給她。

阮思嫻穿好鞋子拿上包，關門的瞬間瞪了他的背影一眼。

狗男人，別以為我沒聽見。

這麼摳門，多一份季度獎金看把你心疼的。

一陣風呼啦啦吹過，路邊枯黃的樹葉紛紛揚揚落下，烏雲卻被吹散不少，陰沉連日的天空透了一絲光亮出來。

還是華納莊園頂樓那間包廂，祝東把玩著手裡的籌碼，忍不住打了個哈欠。

身旁的女朋友拍了他一下，「昨晚又熬夜了？」

祝東垂著眼皮沒說話，算是默認。

坐他對面的紀延看了手機一眼，「我哥不來了，臨時有事。」

祝東一下子清醒，摸出手機，「那我叫宴安。」

他們這幾個並非遊手好閒的富二代，各個都有工作忙，本身閒暇時間就不多，祝東又因為秋冬航線增加的事情來回忙了許久不見休息，其他幾個人也不見得多有空，所以今天要是湊不了一桌放鬆放鬆，誰都意難平。

紀延聽祝東要叫宴安，便問：「他有空嗎？」

「他一個掛名總監不幹實事的有什麼忙的？而且最近單身，也不用陪女朋友，叫他來唄，免得傅明予逮著我們贏錢。」

話音剛落，宴安果然秒回訊息，馬上就來。

祝東安心等傅明予，看了眼手錶，嘀咕道：「怎麼還不來，化妝兩個小時嗎？」

半個小時後，一輛 Porsche Cayenne 才緩緩停靠在華納莊園門口。

高架橋上出了個小事故，塞了一下，比預計時間晚了三十多分鐘。

阮思嫻下車，看了眼時間，「這麼早做什麼？」

傅明予：「打牌，會嗎？」

你們挺無聊的，還以為什麼娛樂活動呢。

「這有什麼不會的？不就是機率論的問題嘛。」阮思嫻說，「只是很久沒玩了。」

傅明予硬是從她的語氣裡聽出了一股雀神的驕傲感。

進入大廳後，阮思嫻和傅明予並肩隨著侍者朝電梯走去。

頂樓有一條幽長的壁畫長廊，為了凸顯意境，只有壁燈照亮，昏暗靜謐，腳步踩在地毯上發不出聲音。

鄭幼安從側面包廂出來，一眼瞧見疑似傅明予的背影。

她腳步微頓，還想仔細看看，那兩人卻轉角進入另一條通道。

為什麼是疑似呢。

因為她看見旁邊那女人轉角時露出的側臉，似乎是阮思嫻。

這樣一想，她又開始迷茫。

旁邊那個男人應該不是傅明予吧？

可是她不至於連這個都看錯，也不是隨隨便便拉個男人都能有傅明予的身形。

那旁邊那個女人不是阮思嫻？

鄭幼安越想越迷茫，不知道是自己眼花了還是記憶出現錯亂。

另一邊，侍者推開包廂的門，祝東他們抬頭看見傅明予，正想說兩句話，緊接著身旁又出現一個女人，打招呼的話頓時咽下。

祝東和紀延的目光在傅明予和阮思嫻身上不著痕跡地打量一圈，詢問的意思很明顯。

「來啦？這位是？」

傅明予信步進入，掃視著座位，不鹹不淡道：「朋友。」

說完，他回頭問：「坐哪？」

阮思嫻：「隨便。」

他指了個正北方的位子，「妳先來？」

意思就是直接讓她上場了。

阮思嫻在整個包廂人目光的打量下有些不自在，低聲道：「我手生，先看看吧。」

「好，妳坐旁邊。」

侍者立刻抬了張椅子過來放在傅明予旁邊，角度和祝東身旁女朋友的位子一樣。

坐下後，祝東說：「介紹一下？」

傅明予手臂搭在阮思嫻椅背上，盯著祝東：「阮思嫻。」

「哦，阮小姐。」祝東起身伸手，「祝東，傅明予的竹馬。」

阮思嫻被他這突如其來的鄭重搞得有些茫然，但面上不露，鎮定地跟他握手，隨後他的女朋友也朝阮思嫻點點頭。

之後紀延起身打了個招呼。

有些事情不用明說，他們自然都懂，沒有多問的必要，一個個泰然自若，給了阮思嫻輕鬆的環境。

但這是他們自認為的。

阮思嫻怎麼可能感受不到那股暗流的氣氛。

只是既然決定來了，就已經預料到了情況。

傅明予看了眼手錶，問道：「還有人呢？」

紀延：「宴安馬上就到。」

阮思嫻：「……」

她端坐著，不動聲色地在桌底踢了傅明予一下。

搞事？

「宴安？」傅明予輕咳一聲，為了表明自己也不清楚情況，刻意問，「叫他了？」

「我哥臨時有事，找個備胎。」紀延問，「怎麼了？」

「沒事。」傅明予點頭，「無所謂。」

話音落下，又被踢了一腳。

傅明予側頭看她：「想吃什麼？」

阮思嫻笑得端莊，卻眼露凶光，咬著牙道：「不用了，謝謝。」

祝東輕笑，「還挺客氣。」

被這麼一打岔，阮思嫻立刻恢復正常表情，心裡卻已經砍了傅明予一萬次。

等宴安的這幾分鐘，傅明予拿出手機翻了翻，往下一滑，幾分鐘前有兩則來自鄭幼安的訊息。

鄭幼安：『你在華納莊園？』

鄭幼安：『我好像看到你了。』

兩人自上次酒吧事件之後，再也沒見過面，更沒有過私下聯絡。

鄭幼安好奇得不得了，但礙於沒有阮思嫻的聯絡方式，不然她怎麼也不會主動傳訊息給傅明予。

傅明予看到這則訊息，雖不知道鄭幼安是什麼意思，但也不打算回。

他看手機的時候沒避開阮思嫻，內容被她瞧得一清二楚。

退出對話後，他切了個頁面，身後響起一道涼悠悠的聲音。

「不回嗎？」

「回什麼？」傅明予隨手把手機遞到阮思嫻面前，「妳來回？」

他的語氣好像讓人幫忙端杯水一樣，自然到摻雜了點迷惑性，阮思嫻都接過手機了才感覺到不對勁。

我來回算怎麼回事？

她把手機丟回去，「自己回。」

傅明予直接把手機反扣到桌上，低聲道：「我哪敢。」

兩人一來一回的對話落在其他人耳裡，都心知肚明的不說話。

幾分鐘後，門再次被侍者推開。

雖然阮思嫻早已有了宴安會來的心理準備，但她沒想到一同進來的還有鄭幼安。

看清對方的臉，幾人皆是一愣。

片刻後，他們之間瀰漫出一絲絲詫異、震驚、尷尬，難以形容。

他們四個之中情緒平靜的大概只有傅明予一人。

阮思嫻表情僵硬。

這是什麼修羅場？

宴安久久沒動，似乎不敢相信眼前的一幕。

比他更難以置信的是鄭幼安，盯著阮思嫻眼睛都不眨一下。

紀延對這奇怪的氣氛渾然不覺，只以為宴安見到傅明予帶了一個陌生女人來有點好奇，便起身招呼：「你怎麼才來？」

又問旁邊的鄭幼安：「你們一起來的？」

宴安心裡問候了傅明予祖宗十八代，臉上卻強裝雲淡風輕，「剛剛碰到了，她說過來坐坐。」

鄭幼安跟祝東和紀延也認識，沒人多想。

自然也沒人知道她是來看看剛剛那個女人到底是不是阮思嫻的。

這時見到人了，確定了，鄭幼安卻更迷茫了。

「那一起坐坐吧。」紀延讓他們趕緊落座，又說，「這位是阮小姐。」

目光在傅明予身上溜了一圈，勾著唇角別有意味地笑道：「傅總帶來的朋友。」

笑你媽。

宴安用力拉開椅子，緊緊盯著對面兩人。

而對面兩個一個看手機，一個端著杯子喝水，沒人回應他的目光。

傅明予是懶得理他，而阮思嫻是不知道該擺出什麼表情，只好喝水。

鄭幼安坐到宴安旁邊，目光在阮思嫻和傅明予之間來回打量，「朋友？」

傅明予從手機裡抬頭看了鄭幼安一眼，又瞥了瞥阮思嫻，才開口道：「不然呢？」

阮思嫻依然只是抿了抿唇沒說話。

鄭幼安卻是半信半疑了。

紀延都介紹了是朋友，又沒說是女朋友，她覺得阮思嫻應該也沒那麼瞎。

可又覺得哪裡不對勁。

時間不早了，祝東催著趕緊開局。

看似和諧的一個麻將局，阮思嫻儘量保持著表情正常，可她卻能明明白白的感受到時不時來自鄭幼安的目光。

別看了，姐。

求妳了，表情快撐不住了。

雖然跟鄭幼安相交不深，阮思嫻卻被她看出了一股背叛的心虛感。

而宴安倒是不像鄭幼安那樣情緒外露，但他連著槓了傅明予幾把，似乎也是一種尷尬。

早知道有這兩人在，傅明予就算給她十倍季度獎金她也不來。

阮思嫻發現，真的只有傅明予一個人泰然自若，一邊打著牌，還一邊問阮思嫻冷不冷。

這環境誰還冷得起來，腳底都在發熱好嗎？

「不冷。」

「嗯，這裡暖氣開得弱。」

說著又丟出去一張牌。

「清一色對胡！」宴安「啪」一下倒牌，「給錢。」

傅明予一笑，把籌碼推給他，「宴總今天手氣不錯啊。」

宴安皮笑肉不笑，「輸了就給錢，別話那麼多。」

這人還虛偽的一口一個朋友。

朋友能帶到這場合來？

又是幾把過去，傅明予手機突然響了。

他看了來電顯示一眼，對阮思嫻說：「我出去接個電話，妳來替我。」

說完便起身出去，看著空落落的座位。

鄭幼安立即看向阮思嫻，那股不對勁的感覺越來越濃。

朋友能帶到這種場合來？

幸好傅明予出去後不久，鄭幼安也被自己的朋友催。

她今天來這邊本來是有自己的聚會，臨時看到傅明予和阮思嫻，心裡好奇得跟貓抓似的才過去。

「我朋友叫我了，我先過去了。」

鄭幼安走後，阮思嫻輕鬆多了，那位姐審訊似的目光終於跟著她一起消失。

阮思嫻長舒一口氣，摸起一張牌。

「胡了。」阮思嫻倒牌，「清一色。」

紀延和祝東俐落地拿籌碼，「成，初次見面，小小見面禮。」

宴安挑挑眉，默不作聲地把籌碼推了過去。

然而阮思嫻的手氣似乎只在這第一把，之後連連受挫。

等傅明予接完電話回來，手裡籌碼所剩不多。

「你來？」

「不用。」傅明予站在她身後，雙手搭在她椅背上，「坐得有點累，妳繼續。」

阮思嫻心想也怪了，自己明明手氣挺好的，今天怎麼這麼背。

她還不信這個邪了。

接下來幾把，阮思嫻格外認真，卻還是免不了輸的命運。

傅明予在她身後笑，「妹妹，技術不太行啊。」

「這手氣輪不到我展現技術。」阮思嫻心思漸漸撲到了牌面上，沒注意到傅明予俯身，單手搭著她的椅背，臉靠在她臉龐，伸手指了一張牌，「這個。」

「你別說話，我自己來。」

阮思嫻選了另外一張丟出去，立刻被宴安面無表情地槓下來，隨後再摸一張起來，雲淡風輕地倒牌：「槓上開花。」

阮思嫻：「……」

傅明予轉頭看宴安，笑意盈盈地說：「宴總也不讓著點？」

宴安笑，「傅總缺這幾個錢嗎？」

而阮思嫻盯著這張牌，心中懊惱得要死。

怎麼就忘了這個牌面還沒出現過呢，明顯有人攢在手裡的。

失策。

新的一局開始後不久，祝東讓他女朋友上場，正好有侍者端了新鮮的果盤進來。

傅明予拿水晶叉子插了塊柳丁遞到阮思嫻嘴邊，「吃點東西。」

平時傅明予這種自然的動作就容易讓阮思嫻回不過神，更何況她現在手裡碼著牌，下意識張嘴吃了。

這個細微的動作大概只有她一個人沒注意到。

旁邊祝東的女朋友也有樣學樣地說：「我也要。」

祝東插了塊蘋果，還沒餵到人嘴裡，瞧見阮思嫻丟了張牌出來，立即說：「胡了胡了。」

他女朋友雙眼一亮，蘋果也不吃了，立即倒牌。

阮思嫻深吸了口氣。

今天到底是怎麼回事？

祝東笑咪咪地自己對女朋友說：「快謝謝傅總今天讓妳買包。」

祝東女朋友立即傅明予笑：「謝謝傅總啦。」

傅明予笑笑沒說話，而阮思嫻心裡卻一詫。

這堆籌碼就能買個包？資本家們都玩這麼大？

這把牌輸的籌碼拿出去，就澈底空了。

阮思嫻抬頭看傅明予，「還繼續嗎？」

傅明予轉身從侍者的托盤裡拿新的籌碼：「繼續。」

「又輸了怎麼辦？」

傅明予覺得好笑，把玩著手裡的籌碼。

輸就輸，還能怎麼樣？

「不然呢？輸了妳自己付錢？」

阮思嫻：「……」

我不是幫你打嗎？怎麼還要我自己來？

「不是，你們玩這麼大，我輸得起？剝削中產階級？」

不等傅明予說話，祝東女朋友搶著說了句：「這個簡單呀，輸了親傅總一口抵一萬。」

現場氣氛一下子熱了起來，大家都似笑非笑地看著她。

阮思嫻藏在頭髮裡的耳朵瞬間紅了。

偏偏還有人附和，「我覺得可以，談錢多沒意思啊。」

傅明予垂眸看阮思嫻，籌碼在他手裡轉動，發出輕微的聲響。他的目光說不上多溫和，反而有一種淡淡的挑釁在裡面——妳怯了？

阮思嫻嗓子一癢，轉過頭不去看傅明予。

心裡情緒百轉千迴，理不出滋味。

正好這時，鄭幼安又推門進來了，見氣氛怪異，問道：「怎麼了？」

沒有人說話。

但她這一打岔，反而給了阮思嫻迴旋的餘地。

她推倒面前的牌，說道：「我也不一定會輸。」

在眾人曖昧的眼光包圍裡，阮思嫻摸了最後一把牌。

有了不一樣的賭注，大家的興致瞬間拔高，幾乎是步步為營，不知道的還以為是軍師在布局。

唯有宴安的情緒與別人格格不入。

兩次了。

宴安在心裡罵娘。

已經兩次了，他看上的女人都倒向傅明予那邊。

這一局牌的時間似乎被拉得無限慢。

眼看著桌面上只剩最後幾張牌了，形勢還不明顯。

傅明予卻捏著手裡的籌碼，慢條斯理地坐到後面的沙發上，放鬆地靠著，隨手端起桌上的酒。

宴安突然丟出一張四筒，阮思嫻愣了一下，立刻收過來。

「槓。」

紀延看著桌面上的牌，扭頭問宴安：「你放水？」

宴安皺了皺眉，「打錯了。」

阮思嫻不知道他們這個情形怎麼算，身後的傅明予的聲音卻遙遙傳過來：「落地無悔。」

宴安情緒複雜地轉身看了傅明予一眼，心裡冷笑。

裝什麼君子。

既然這樣，阮思嫻就心安理得地收下這張牌。

摸了一張起來，思忖許久，丟了出去。

一直不動聲色的祝東女朋友倏地倒牌。

「清一色，嘿，不好意思了妹妹。」

整個屋子瞬間安靜了，連擺鐘的滴答聲都十分清晰。

幾道目光齊齊聚集在阮思嫻身上，雖情緒不一，卻足夠灼人。

鄭幼安不知道怎麼回事，也隨大眾看著阮思嫻。

阮思嫻坐著沒動，身後沙發上的人也沒動靜。

阮思嫻幾乎是被這氣氛推得轉身。

傅明予懶懶地靠在沙發上，渾身鬆散著，挑了下眉。

也不知是不是喝了酒的原因，他的眼神變得有些迷離，似乎在勾引人。

第十七章　男朋友

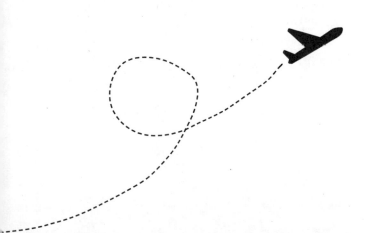

阮思嫻站起身，朝傅明予走去。

她個子高腿長，這兩三公尺的距離只需要跨個幾步，但她卻走得極慢。

身後的幾個人只當她是害羞，饒有興味地看著她的背影。

只有沙發上的傅明予清晰地看到了阮思嫻的眼神。

她直勾勾地看著他，裝飾過的眼瞼在昏暗的燈光下才看出有細碎的亮片，帶了點金光，和眸子的微光交相輝映。

看起來很美，但就不是那麼溫柔。

待她走近俯身時，兩人對視，目光在那瞬間交鋒。

阮思嫻的眼神彷彿在說「你今天要是敢起什麼鬼心思你明天就出現在草船上」。

片刻後，傅明予抬起手臂，籌碼攤在掌心，「去吧。」

阮思嫻笑著從他手裡抓過籌碼，說道：「謝謝傅總，我也不好意思白拿，要是輸了算在我的獎金裡吧。」

傅明予瞥了她一眼，輕笑。

繞八百個圈子最後還不是他出錢。

阮思嫻拿著籌碼轉身，「繼續啊，時間還早，鹿死誰手還不知道呢。」

「……」

大家瞬間覺得有些幸災樂禍，來來回回地瞟著傅明予。

本來以為傅明予帶來的這個「朋友」，實質上只差一步，可惜現在看來還差得遠。

落座後，阮思嫻剛摸上牌，突然叫停。

「等一下，我上個洗手間。」

她起身指了指傅明予，「你不要動我的牌，等我自己來。」

包廂內有獨立的洗手間，阮思嫻關上門後，祝東和紀延都幸笑著看著傅明予。

看見沒？人家不買你的帳。

在座唯有宴安實打實地笑了出聲，不過是冷笑而已。

他把牌排好了，轉身問傅明予：「傅總，你看這就是有錢的好處是不是？」

傅明予沒理他，起身把托盤裡剩下的籌碼放到阮思嫻桌上後又回了沙發上。

牌局上有時候忌諱中途打岔。

比如阮思嫻去上了個廁所，回來後大家就懷疑她去換了一雙手。

用了一個小時，清清楚楚跟大家安排了一場「逆風翻盤」的戲碼。

活像一個沒有感情的金錢收割機，全程只見她一把接一把地胡牌，殺伐決斷，毫不留情。

每次見她她收錢那副目露精光的模樣，祝東和紀延甚至隱隱覺得，她這是在報復。

牌局結束，阮思嫻一清帳，得意洋洋地說：「全贏回來了。」

傅明予眉梢微抬，開口道：「厲害。」

話音落下後，室內微妙地沉默了。

事情最後發展成這樣，祝東和紀延他們也沒想到，而祝東的女朋友甚至隱隱感覺到今天自以為的幫忙，可能幫了個倒忙。

眾人起身，一起往餐廳走去。

祝東問鄭幼安要不要一起，她沒有拒絕。

她只是越來越迷茫。

去餐廳的路上，她扭頭小聲問宴安：「他們到底什麼關係啊？」

宴安歪著脖子看手機：「就妳看到的那樣。」

「什麼樣？」

宴安抬頭看了前面傅明予一眼，冷聲道：「你什麼時候見傅明予帶女人出來打牌隨便她輸？」

這句話打破了今晚所有的迷惑，幫鄭幼安講得明明白白。

她不敢置信地看著前面並肩行走的兩人。

說好了男人都是大豬蹄子，結果有人啃得比誰都歡？

怎麼會有這樣的人？難道是現代擊退情敵新戰術？

宴安側頭看了她一眼，見她表情崩裂，連腳步都慢了下來。

想到她跟傅明予的那些事，以及今天非要跟著他過來坐一下，宴安頓時明白了她這時候的心理狀態。

「不開心了？」

鄭幼安扯了扯嘴角，「我有什麼不開心的。」

只是感覺到被背叛而已。

宴安瞇了瞇眼，「但我不開心，媽的。」

打了一下午牌，不說多費體力，但也是腦力運動，飯桌上的氣氛就輕鬆許多。

大家知道傅明予這邊的進度跟他們想像的不一樣後，也不再打趣這兩人。

聽著他們閒聊工作上的事，阮思嫻全程不參與話題，專心吃飯。

但她還是能感受到時不時來自鄭幼安的死亡凝視。

阮思嫻是真的被她盯得有些心虛，只好假裝沒看到。

但是當她準備夾塊鹵豬蹄吃時，對面那股眼光涼颼颼的，盯得她毫無胃口。

剛放下筷子，鄭幼安撐著下巴看著她，開口道：「怎麼了，這豬蹄不合妳胃口嗎？我剛剛看妳吃得挺好的呀。」

阮思嫻沉甸甸的眼神遞過去，「還行，我吃飽了。」

身旁的傅明予回頭看她，「不再吃點？」

阮思嫻勉強扯出一個笑：「不用了，謝謝。」

紀延見狀，又讓侍者上了些飯後甜點給阮思嫻。

他的年齡在這之間最大，從小就充當著哥哥的角色照顧眾人。這邊見阮思嫻吃飽了，又想到宴安今天一整天沒怎麼說話，吃飯的時候一個人喝悶酒，於是問道：「對了，宴安，你和世航那個女機師怎麼樣了？追到了嗎？」

阮思嫻被這一口昂貴的椰汁燕窩噎住。

傅明予不動聲色地看了紀延一眼，而對方還渾然未覺有什麼不對。

上次祝東女朋友生日聚會他沒來，不知道情況，此時真誠地關心著朋友的情感狀態。

「什麼情況呀？」鄭幼安隨口一問，「你還追過世航的女機師？」

祝東聽到他們問這個，也沒在意，這種問題沒什麼好避開的，只是覺得揭開宴安的傷疤有點可憐，於是幫他回答：「都是過去的事了，不提了。」

宴安冷不防被 cue 一下也是很無奈，一大口酒喝下去假裝醉醺醺沒聽見。

但是現實告訴阮思嫻，錢不是這麼好賺的。

祝東話音剛落，她女朋友又問：「對了，阮小姐，妳在哪裡工作啊？」

阮思嫻：「……」

人生中第一次這麼羞於說出自己的職業。

「哦……我在世航工作。」

「做什麼的呀？」

鄭幼安突然眨了眨眼睛，搶答：「她就是世航的女機師啊。」

「……」

現場的氣氛因為鄭幼安的這句話突然凝固。

幾道視線刷刷刷地射到阮思嫻和傅明予身上。

她捂嘴，「啊」了一聲，直接挑破掩藏在空氣裡的尷尬。

阮思嫻僵硬地笑著，而桌下的手狠狠地掐傅明予的大腿。

傅明予按住她的手，面上卻平靜無波，看向鄭幼安。

「是啊，我好不容易招攬進來的女機師，怎麼了？」

言下之意非常明確，潛臺詞的態度強硬，鄭幼安一時間竟不知道該說什麼。

最後這個話題在宴安喝得臉紅脖子粗「撲通」一聲栽在桌上時戛然而止。

這頓飯在所有人的強顏歡笑中提前結束。

阮思嫻走出大廳時，一股冷風吹過來，她終於感覺自己活過來了。

同時卞璿和司小珍在群組裡問她今天怎麼樣，她回了一句話。

『賺錢不易，大家以後節約點。』

上車後，阮思嫻和傅明予分坐兩邊，中間彷彿劃著一條三八線。

她鬱悶地盯著車窗，一言不發。

就不該一時鬼迷心竅答應傅明予來這個飯局，她有這個時間幹點什麼不好，非要來體驗一遭人間修羅場。

傅明予從車窗倒影裡看見阮思嫻的神色，問道：「累了？」

「十倍。」

「什麼？」

阮思嫻倏地回頭盯著他，「十倍季度獎金！」

「這麼貴？」

貴？

阮思嫻想當場打爆他的狗頭。

本來她不是真的跟他要錢，只是想表達自己今天遭受的非人待遇過於慘烈，拿季度獎金作為標準的話應該是十倍。

而他居然嫌貴！

阮思嫻嚴重懷疑他的家產都是摳出來的。

她懶得理這個摳門的男人，轉過頭去繼續窗外的路燈。

半分鐘後，阮思嫻手機響了一下。

她拿出來一看，是來自傅明予的轉帳。

還真的是她的十倍季度獎金。

傅明予：『今天辛苦阮小姐了。』

全部退回去給他後，阮思嫻低頭打字。

阮思嫻：『那看在傅先生還算爽快的份上，幫你打個零折吧。』

傅明予：『那阮小姐現在可以轉過來跟我說句話了嗎？』

阮思嫻抬眼看見窗戶裡自己的倒影和傅明予的倒影重疊著，但也能看見他在笑。

心裡莫名有些慌亂，感覺轉過去就會落入什麼深淵。

阮思嫻：『我睡一下。』

傳完這幾個字，她頭靠在車窗上，立刻閉眼。

由於華納莊園在西郊山上，公路盤旋蜿蜒，司機開得慢，車速十分具有催眠效果。十幾分鐘後，阮思嫻真的昏昏欲睡，頭隨著路徑的弧度開始左右搖擺。

突然，一股溫熱靠近她。

意識模糊時，她下意識趨近溫暖，頭一偏，便靠在了旁邊那人的肩膀上。

傅明予的手緩緩穿過她的背和坐墊之間的間隙，將她固定在懷裡，不再隨著路途搖晃。

車慢慢開下了山，鬧市燈紅酒綠。

傅明予一垂頭，發現她的臉近在咫尺，五光十色的霓虹透過車窗，像一顆顆小亮片在阮思嫻的臉上跳躍。

他聞到她身上的橘子香味，幾根頭髮繞他在脖頸，癢癢的。

一種最原始的驅動力在作祟，當他回過神時候，已經在她額上落下一吻。

明明只是蜻蜓點水的吻了一下，竟然也產生了一種偷香竊玉的感覺。

想到這裡，傅明予自嘲一笑。

他抬起頭，試圖轉移注意力打消心裡那股自嘲感，扭頭看向窗外。

沒有感覺到懷裡的人如擂鼓的心跳聲。

額頭的溫熱像烙印一般久久不散，連帶著臉頰的溫度也在急劇上升，讓這個淺淺的靠頭擁抱變得不正常。

阮思嫻感覺自己越來越難裝下去。

如果傅明予回頭，會看見她的睫毛顫抖得不像話。

偏偏他身體的溫度讓人眷戀，臂彎的弧度卻又恰到好處，沒有桎梏感，堅硬又有一股溫柔的感覺。

最多再一秒。

阮思嫻想，她快裝不下去了，胸口裡充斥著一股熱流，正在沸騰，橫衝直撞，快要衝破胸腔。

她緊緊皺了皺眉頭，正要睜眼時，車裡響起手機鈴聲。

傅明予的手機。

他另一隻手拿出手機，放到耳邊，輕聲說話。

阮思嫻趁他的注意力在手上，輕輕地吸了口氣。

「嗯？病了嗎？」

傅明予姿勢不變，卻低頭看了阮思嫻的睡顏一眼，聲音變得更低。

「好，我知道了，等一下就回去。」

簡單兩句話後，他掛了電話，車內繼續歸於平靜。

這一打岔，阮思嫻胸腔裡那股緊繃的感覺慢慢鬆了下去。

雖然心跳依然不正常，但比剛剛平復不少。

耳邊是傅明予平穩的呼吸聲，鼻尖縈繞著他身上淡淡的香味。

阮思嫻保持著靠在他懷裡的姿勢，卻感覺到他的手在她肩膀處收緊了力度。

那股緊張的感覺又因為他掌心的溫度捲土重來。

同時，他側頭，下巴輕輕擦過她的頭頂。

阮思嫻不知道自己這時候為什麼這麼緊張，甚至比剛剛那個額頭的吻還要讓她難以自持。

明明昨晚有比此刻更親密的擁抱。

窗外有起起伏伏的汽車喇叭聲，在此時竟然也像繾綣的音樂一樣，有一種靜謐平凡的悅耳感覺。

雖然心情難以平復，阮思嫻卻不受控制地想這段路，再長一點，再長一點。

她開始回想今天發生的一切，慢慢幫自己找到一個理由。

或許是因為今天這個懷抱，沒有安慰，沒有汲取安全感的渴求，單純只是一個男人和一個女人的相擁。

最原始的，最直接的情愫的表達，像一對相戀許久的戀人，自然地靠在一起。

她又長長地吸了一口氣。

鼻腔的呼吸已經不能保持大腦的氧氣。

傅明予這個男人有時候太要命了，他的溫水來得太自然，讓人感覺不到進攻感，卻在不知不覺中淪陷。

她甚至難以想像，自己竟然有一天會這樣靠在他懷裡，還被他親了一下額頭。

並且絲毫沒有抗拒，甚至還在心裡回味了一遍又一遍。

直到她感覺到車慢慢停了下來，應該是到了名臣公寓的大門。

想起他剛剛接的電話，阮思嫻覺得不能再裝下去了，他家裡有人病了。

阮思嫻慢慢睜開雙眼，傅明予沒有發現，只是平靜地看著前方。

她輕咳了一聲，慢慢直起上半身。

「醒了？」傅明予側頭看她，氣息拍在她臉上，手臂也自然地放開了她。

阮思嫻沒看他，轉頭盯著窗外看了兩眼，想起他剛剛接的電話，家裡應該是有人病了，等著他回去，於是開口道：「就送我到這裡吧。」

司機聽到阮思嫻的話，回頭看傅明予。

傅明予卻說：「送進去。」

阮思嫻抿了抿唇，沒說話，看著車窗裡自己的倒影，悄悄摸了摸臉。

車通過閘門，緩緩開到了樓下，阮思嫻的表情調整到最自然的狀態。

阮思嫻開車門的同時，感覺傅明予也開了另一側的車門。

她連忙說道：「送我到這裡就可以了。」

傅明予手臂撐著車門，看了她一眼，沒說什麼，只是繞到她那邊，「我送妳上去。」

好吧。

阮思嫻沉默著跟他走進電梯廳。

等電梯的時候，阮思嫻手指不受控制地抓緊了背包的肩帶。

她發現安靜下來的時候，情緒又開始不穩定。傅明予就站在她旁邊，如往常一樣不怎麼說話，但又彷彿跟往常不一樣。

因為那個額頭上的吻，阮思嫻感覺他現在什麼都不做，一切都變得不一樣了。即便他的意圖早就明說了，卻從來沒有這樣明確的親密動作，男女之間獨特的親密動作。

——直到電梯門打開，傅明予竟也跟著她走了進去。

「你還要上去嗎？」阮思嫻問。

傅明予垂眸笑道：「妳今天怎麼回事？我不可以上去嗎？」

即便不說是想送她到家門口，他也住樓上，怎麼就不能上去了？

「不是，你家裡不是有人……」

「嗯？」

話音落下，兩人同時沉默。

看見傅明予探究的眼神，阮思嫻別開臉，由於說漏嘴的心虛，眼神不知道該落在哪裡。

電梯門無聲關上，四周的空氣一下子變得逼仄。

阮思嫻感覺到傅明予一步步逼近她。

「妳沒睡著？」

「……」

阮思嫻無言以對。

傅明予單手插著口袋，欠身靠近，渾身的氣壓無形地包裹著她，垂眸看下來，眉宇抬著，眼神漸漸變得直接，隱含著什麼意思。

沒辦法了，圓不回去了。

阮思嫻抬起頭，昂著下巴，「怎麼，你偷親我還有理了？」

傅明予只是深深地看著她，沒說話，嘴角卻噙著笑。

阮思嫻大概明白了他眼神裡的意思。

那妳也沒有反應，甚至還一直裝睡，這是代表不排斥對嗎？

自己都沒有想明白的事情被他直接戳破，一股熱氣上湧，阮思嫻不知是羞還是惱，一腳朝他踩過去，他不躲不閃，甚至一點表情變化都沒有。

傅明予俯身，靠得越來越近。

阮思嫻被他逼到角落，背靠著電梯牆壁，冰冷的大理石變得炙熱。

沒有人按電梯，狹小的空間停滯著沒有動，空氣似乎都凝滯著。

他一說話，氣息立刻纏繞了過來。

「那我還想得寸進尺一下，可以嗎？」

以詢問結束，卻沒有任何詢問的意思，低頭就親了上來。

傅明予輕輕碰了一下她的下唇，淺嚐即止，感覺到她下意識往後縮時，他睜開眼，看見她閉著眼睛，睫毛輕輕抖動。

停了片刻，阮思嫻慢慢睜開眼，對上他的目光，那一秒，她反應過來，他剛剛那一下只是在試探她的態度。

而此刻的停滯，是他在確認她的眼神。

阮思嫻不知道自己這時候是什麼樣的眼神，只感覺自己的心都要跳出來了。

她沒想過今晚會這樣。

沒想過會有這樣實質性的接觸，出乎她的意料，完全不在掌控之中，可是大腦和身體又完全不跟她講道理，被傅明予牽著走。

她半張著嘴，想深吸一口氣平復心情，而傅明予卻抽出手，捧著她的臉，完全不再克制地吻了下來。

帶著點酒精味的氣息蠻橫地灌入。

不知樓上哪戶人家按了電梯，兩個人正在慢慢上升，卻沒有感覺到四周的變化。

阮思嫻背貼著電梯壁，頭腦與身體的失重感同時襲來。

——直到電梯門突然打開。

又是八樓，那個牽著拉布拉多的老太太看著電梯裡的情形，目瞪口呆，立刻按住了活蹦亂跳的狗。

阮思嫻瞬間清醒了，用力推著傅明予。

他卻巋然不動，只是回頭掃了一眼。

眼神囂張又無所顧忌，嚇得老太太老臉一紅，拖著狗後退：「打擾了，你們繼續繼續。」

狗不願意走，還在往電梯裡蹦，老太太拽著繩子使勁拖。

「狗東西！走！走！走！回家！」

阮思嫻：「……」

阮思嫻看著傅明予的下頜線，見他緩緩地轉過來，下巴在她鼻尖蹭過，低頭吻了一下她唇角，「妹妹，給我點回應。」

他的手指拂著她臉頰邊的頭髮，指腹細細擦過，竟然又想吻過來。

阮思嫻腦子裡的理智終於被老太太的「狗東西」拉回來。

狗東西！

這感覺太魔幻了。

阮思嫻回家後，靠著門發了一陣子呆。

她居然跟傅明予接吻了。

到現在她還感覺自己周身充斥著他的氣息，耳邊似乎還縈繞著那種聲音。

她的大腦就像不受控制一樣，被原始的荷爾蒙驅動著。

電梯門開的時候，雖然她被傅明予擋得嚴嚴實實，但依然能想像門外的老太太看見他們時露出的地鐵老爺爺看手機表情。

阮思嫻想到這裡，雙腿一軟，差點跌坐在自己家裡。

這太要命了，傅明予究竟對她下了什麼蠱，吻起人來花樣百出，完全招架不住。要不是最後她踢了他一腳，他可能沒想過停下來。

酒精上腦了吧。

也不知道今晚他是喝多了還是清醒著。

阮思嫻慢吞吞地走進客廳，經過一個帶鏡子的櫃子時，瞥見自己的口紅所剩無幾，原本的正紅色變成了一層淡淡的橘紅色，亂七八糟的抹在唇邊。

似乎在提醒阮思嫻她剛剛跟傅明予幹了什麼。

阮思嫻換了衣服，躺進浴缸，泡了澡，手機響個不停，滴滴滴煩死了。

她隨手抓起來看了一眼，是司小珍和卞璿在群組裡閒聊。

司小珍在群組裡傳了幾張韓劇截圖。

司小珍：『嗚嗚嗚，這個電梯吻，我心動了。』

阮思嫻：「……」

她放開手機，盯著天花板看了看，感覺到還在震動，於是又拿起來看。

別說，那張截圖裡的姿勢和他們今天還有點像。

男主角也是穿著西裝，把女主角堵在角落裡埋頭吻著。

連背影都跟傅明予有點像。

司小珍：『嗚嗚嗚，這麼甜甜的擁吻什麼時候輪到我，我姿勢都擺好了。』

阮思嫻：「……」

司小珍：『嗚嗚嗚，想要一個把我按在電梯深吻的男人。』

阮思嫻：「……」

阮思嫻自始至終偷窺沒冒泡，躺在浴缸裡，心跳還沒緩下來，熱氣縈繞，整個人都暈暈的。

她感覺自己今天被傅明予親得神志不清了。

今天白天天氣不好，烏雲層層搖搖欲墜，大雨要下不下，到了晚上，月色卻撥開濃霧，露出一彎鉤子出來。

傅明予走到樓下，拇指擦了一下唇邊，月光下，指腹上的口紅殘餘有淡淡珠光。

司機還在路邊等著，他上車後，抽了一張紙巾，將嘴上的口紅擦乾淨。

嘴上殘留的口紅轉移到白色紙巾上，淺淺一片紅色。視覺的刺激瞬間帶來感官的回憶，傅明予揉了揉脖子，又回想起剛剛的一幕。

電梯門快要再次關上時，阮思嫻如夢初醒一般，下意識咬他一口，力氣不小，嘴角到現在還有些疼。

而她雙手撐在他胸前，喘著氣恍惚了好一陣子，臉紅到脖子根了，才說道：「你家裡有人病了你不回去還想這樣那樣傅明予你到底還是不是人！」

也不知是好氣還是好笑，傅明予揉著手裡的紙巾，嘴角笑意淺淺。

「去湖光公館。」

之前賀蘭湘突然打電話給他，說豆豆生病了，半身不遂，快死了，讓他趕緊回去看看他的狗。

她的語氣不耐，尖銳的聲音有些刻薄，聽起來不像在說一隻寵物，反而像是指責傅明予棄親生兒子不顧一般。

憑藉傅明予對賀蘭湘的瞭解，能預料到今晚不好過。

半個小時後，車停在別墅門口。

傅明予剛推開一樓大門，豆豆就活蹦亂跳地衝了過來。

他彎腰摸了摸豆豆的頭，信步進入客廳，卻不見賀蘭湘的身影。

羅阿姨過來接過他脫下的外套，朝他指了指二樓。

傅明予也沒在意，先去拿了一杯水，站在窗前慢慢喝著。

半杯水下肚，樓梯上傳來那道熟悉的聲音。

「你還知道回來啊？你還知道你有個家啊？」

傅明予回頭說道：「這身衣服不錯。」

賀蘭湘卻不買他的帳，雙手抱臂站在樓梯上，高度使得她在氣勢上占了上風。

「原本我以為你忙著，見不到人影也就算了。但是你叫人把模型全都搬走是什麼意思，是要搬出去住了嗎？」

正好這時候羅阿姨拿著傅明予的外套上樓，準備去工作間清理，經過賀蘭湘身旁時，那股屬於女人的香味幽幽傳來。

賀蘭湘一笑，「我就知道，十天半個月見不到人影肯定是有女朋友了，我要不是打電話你可能連回家的路都找不到了是吧？」

想起今晚那個沒有被拒絕的吻，傅明予對「女朋友」這個說法不置可否。

賀蘭湘款款走下來，在離他一公尺遠的地方停下，視線慢悠悠地從上至下掃視。

「這本來也沒什麼，但是前不久你臉上那巴掌印……」

傅明予眉宇一抬，「柏揚告訴妳的？」

「這還用柏揚跟我說？」賀蘭湘聲音頓時拔高兩度，「你是我生的，我還不瞭解？你真當你戴個口罩我就發現不了了？你有本事二十四小時戴著呀你吃飯別摘下來啊。」

傅明予只覺得腦子沉，不太想繼續這個話題，正要轉身上樓洗澡，卻被賀蘭湘拉住。

「你不解釋一下被誰打的？是女人吧？」她想，沒有男人會用巴掌招呼上去，於是指指自己的臉，說道，「現在又有女朋友了……你該不會是……亂搞男女關係吧？」

賀蘭湘覺得自己想得太對了。

一邊計畫著搬出去住，成天不著家，身上還有香水味，一邊又是挨巴掌，除了男女關係混亂，沒別的理由了。

「傅明予我告訴你，你可不能幹這種事啊，我賀蘭湘丟不起這個人。」

傅明予揉了揉眉骨，實在不知道怎麼跟自己這位想法時不時歪到西伯利亞的母親交流。

「情趣，妳別管了。」

賀蘭湘愣了愣，好一陣子才反應過來傅明予是什麼意思。

「啊。」

那你們年輕人挺會玩。

夜涼如水，秋月潔白，透過窗簾照進房間，灑下一片朦朧的光影，靜謐而柔和。

而傅明予的夢境卻不似這夜晚這麼柔和，夜裡的場景再次重現。

他又看見阮思嫻氤氳著水汽的雙眼，比月色更朦朧，模模糊糊地映著他的倒影。

她雙手抱著他的脖子，下巴蹭了蹭他的下頷，動作被放得極慢。

他垂下眼，看著她衣服上的肩章、鈕釦，目光一寸寸移動到腰間……

半夜夢醒，傅明予睜眼看著窗外，月光正透亮，弧度彎得像她嘴角的笑。

他長呼一口氣，起身去洗了今晚第二次澡。

清晨五點，鬧鐘準時響起。

阮思嫻睜開雙眼，盯著天花板，眨了眨眼睛，一陣子才拉回神思。

渾身還有些熱，她拍了拍胸口，立刻起身下床去洗漱。

不管當天有沒有飛行任務，她的晨跑都是雷打不動的習慣，除了維持體能以外，還有讓人平心靜氣的作用。

一個半小時後，阮思嫻出現在世航大樓。

每天清晨總是最忙碌的時候，空勤人員拉著飛行箱從各個通道而來，滾輪碾出的聲音繁複無序。簽派部門紙張滿天飛，飛行計畫部此起彼伏的電話聲更是從不停歇。

阮思嫻在路上碰到了本次機組的成員，一起朝會議室走去，耳邊有哈欠聲，有閒聊聲，紛紛雜雜，而這些聲音卻在她看見傅明予的身影那一刻瞬間飛到真空裡。

傅明予似乎也有所感應一般，站在玻璃長廊盡頭，扭頭淡淡望了一眼，隨即繼續往電梯走去。

他身後跟著許多人，並未注意到他這個細微的動作。

但阮思嫻知道，他在看她。

大概是因為昨晚的原因，現在光是隔著這麼遠的距離在人群中對望一眼，阮思嫻都覺得不那麼簡單。

臉頰的溫度又開始不正常。

幹什麼呢，能不能鎮定點。

不就是接了個吻嗎？不就是舌頭打了一架嗎？

有什麼好臉紅的？他都面無表情什麼事都沒有，妳臉紅什麼？

她輕輕咳了一聲，抬腳朝會議室走去。

下一秒，手機響了。

像是有什麼預感似的，她拿出手機一看，果然是傅明予的訊息。

傅明予：『返航落地後傳個訊息給我。』

看看，人家多麼淡定。

機長今天來得早，已經簽好飛行單，順便連油都加好了，所以大家一到齊就直入主題。

天氣良好，航線熟悉，沒有要客，所以這場協作會時間很短，結束後，一行人準備登機。

由於時間還早，有個空姐拉著阮思嫻一起去買吃的。

今天是週末，航廈人特別多，鄭幼安和董嫻款款走向頭等艙休息室，憋了一晚上的吐槽花了十分鐘還沒說完。

「本來我對傅明予的討厭只有七分，但是那天晚上跟她一起喝酒，她吐槽得比我還精準，弄得我對他的厭惡一下子上漲到十分了，結果她卻迅速跟傅明予在一起了，這是什麼套路？她故意的嗎？是我見識太少了，原來還可以這樣擊退情敵的嗎？」

董嫻一路上聽鄭幼安的吐槽，雖然不知道她說的是誰，但覺得只是小孩子之間的把戲，不太放在心上。

「過去就過去了，妳何必再放在心上。」

「不是，我想不通啊，我感覺自己被耍了啊。」

董嫻放慢腳步，慢悠悠地睇她一眼，「妳是不是還喜歡傅明予？」

「開什麼玩笑。」鄭幼安翻白眼，「我現在覺得宴安哥哥都比他好。」

董嫻輕笑，「不都一樣嗎？宴安的花邊新聞少了嗎？只是一個鬧了出來，一個藏得好而已，都不是什麼好人。」

鄭幼安聞言，有些心虛的閉嘴。

當初她被傅明予氣到，發誓這輩子都跟他勢不兩立。可是她爸爸卻覺得這算不上什麼大事，甚至覺得傅明予做得無可厚非，跟兩家利益關係比起來，這簡直就是小打小鬧，逼著她繼續跟傅明予來往。

鄭幼安覺得，不管傅明予這人在長輩眼裡有多好，侮辱她的藝術造詣這事就是觀念的問題。觀念不合是絕對不可能在一起的。

可是她爸爸又老在她耳邊嘮叨，讓她放下點身段，傅明予真的挑不出什麼毛病來，錯過這個村就沒了這個店。

她受不了了，就造了那麼點……小謠言，以精準打擊傅明予在她爸爸心裡的形象。

比如她說，那次一起去西班牙，傅明予看見那些桑巴女郎就走不動，跟人家眉來眼去，後來不跟她坐同輛車，誰知道車上有什麼人呢。

同時又說，他跟公司裡的女職員好像也不清不楚的，她去世航拍攝的時候就有看到。

這種似是而非的事情說出來，有那麼點意思，加上鄭幼安又是個乖乖女，她爸爸不覺得她撒謊。仔細想了想，傅明予這身分這長相，好像這才是正常的。

沒有感情可以慢慢培養，但他不相信什麼浪子回頭的故事，不管兩家聯姻利益多大，也不願意女兒嫁這麼一個人，這事也就算了。

但鄭幼安的爸爸是個嘴巴極嚴的人，從來沒聽他說過別人家的閒事，最多只是跟董嫻說一下，而董嫻也是個不愛說是非的人，所以這種謠言肯定不會傳出去，因而鄭幼安才敢這麼幹。

「反正我覺得很過分。」鄭幼安又把話題繞回去，「我當初那麼信任她，都沒見過幾面就跟她吐露心聲，結果她到好。」

走到頭等艙休息室門口，迎賓小姐向她們問好，鄭幼安閉了嘴，隨意打量了一眼，在一旁的飲料吧檯看見一個熟悉的身影，腳步立刻停下。

「啊！還真是說曹操曹操到啊。」

董嫻回頭，「什麼？」

「就是她啊，我剛剛說的那個人。」

因為傅明予的關係，阮思嫻已經很久沒有長時間等過流量控管了，經常都是客人上完就差不多推出飛機，所以她今天也是進了駕駛艙就關機。

下午返航後，天色已黑，有下雨的趨勢。

她一開機，許多訊息接踵而來，一則則看了回覆了，滑到下面，是傅明予早上傳給她的那一則。

阮思嫻回了個『吱』給他。

傅明予讓她去地下停車場等一下，他馬上過來。

阮思嫻看著這天氣，可能二十分鐘內就要下雨了。

這段時間她已經習慣傅明予接送她，於是轉身去了停車場。

世航高層停車位專門劃分了一塊出來，平時人不多，很安靜。

阮思嫻坐電梯下去後，不知道傅明予的車位在哪，便站在電梯廳裡玩手機。

滑社群的時候，進來一則簡訊，抬頭欄直接預覽內容。

董嫻：『有事跟妳說，接一下電話。』

阮思嫻平時接董嫻電話完全看心情，但真的有事的時候，她也不會執拗，比如上次她姨媽生病的事情，如果她沒接，可能至今還不知道。

幾秒後，董嫻的電話果然打來了。

阮思嫻接起，直接問：「我過兩天就去看姨媽。」

『不是跟妳說這個事情。』董嫻剛剛下飛機，刻意避開了鄭幼安，在洗手間打電話。

「那是什麼事？」

董嫻沉吟片刻。

她跟阮思嫻連最基本的日常交流都難以維持，這時候突然說那種事情，一時間不知道該怎麼開口。

但是今天聽鄭幼安說阮思嫻跟傅明予的關係，她在飛機上想了好久，還是決定跟阮思嫻聊一下這件事。

『妳跟傅明予……在一起了？』

阮思嫻聞言一愣，另一隻手握緊了飛行箱的拉杆。

「鄭幼安跟妳說的？」

『妳跟她認識？』

「她都跟妳說這個事情了，我們能不認識嗎？」

董嫻吸了口氣，語氣越發柔和，『是她跟我說的，我也是今天才知道。』

阮思嫻心頭莫名有些堵。

今天才知道就打電話給她，語氣這麼小心翼翼，是生怕她搶了鄭幼安的男人嗎？

『妳瞭解傅明予嗎？我的意思是，他的條件可能確實比較吸引女生，但是有些事情妳不一定能瞭解到，可能他不是那麼適合妳……』

「妳又很瞭解我嗎？妳怎麼知道我們不適合？」阮思嫻聽到這話有些生氣，也不想跟董嫻聊這個話題，「我二十幾歲了，有自己的判斷力，妳不用跟我說這些。」

董嫻微怔：『妳先聽我說……』

「妳不用說什麼，我們就是在一起了，我也不需要從別人嘴裡瞭解我男朋友，就這樣。」

阮思嫻直接掛了電話。

然而因為這通電話引起的情緒還沒平復，心裡又乍起另一層波浪。

——她透過面前的大理石牆面，看到自己身後站著一個人。

不用回頭，都知道是誰。

回想起自己剛剛說了什麼，阮思嫻腦子「嗡」一聲，突然有一股想要原地去世的衝動。

她僵硬著沒動，身後那人也沒動。

手機突然響了一下。

傅明予：『我在停車場偷聽了一段對話。』

阮思嫻：「……」

傅明予：『那個人好像是我女朋友。』

阮思嫻：「……」

傅明予：『看那個背影，似乎是妳。』

阮思嫻：「……」

也不知道是哪裡來的最後的倔強，阮思嫻硬著脖子回了一句話，卑微的希望打破這尷尬僵局。

阮思嫻：『看背影就知道是我，可真是父愛如山。』

訊息傳出去後，沒有回覆，她卻感覺到身後那人朝她靠近，俯身湊到她耳邊，一股熟悉的冷杉味道襲來。

「不管妳說的是不是氣話，反正我當真了。」

阮思嫻：「……」

她依然背對著傅明予，脖子都沒轉一下。

他的呼吸纏繞在她臉龐。

像昨晚一樣，纏纏綿綿，帶著他的味道，有些癢，還有些蠱惑人的作用。

許久，阮思嫻才開口道：「不是……氣話。」

第十八章　客訴

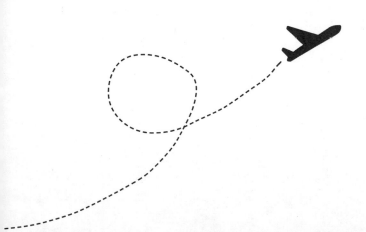

開車門，上車，坐下，繫安全帶，一切都很正常，好像又不那麼正常。

阮思嫻慢吞吞地坐下，姿勢標準得像在上形體課。

她偷偷瞄了旁邊的傅明予一眼。

傅明予上車比她慢一刻，他抬著臉，一手撐著方向盤，一手扣上安全帶，輕輕一聲「啪嗒」，車子同時啟動。

他扭頭看阮思嫻：「妳在看什麼？」

「……」

阮思嫻僵硬地收回目光，平靜地說：「你臉上好像有東西。」

傅明予抬手摸了一下臉頰，攤開掌心看了下，什麼都沒有。

他只是笑了下，沒戳穿阮思嫻。

車慢慢開出停車場，來到地面。

阮思嫻能看見不少下班的同事急匆匆地往門口走去，有個人站在警衛亭對面的綠化帶臺階上，發現這輛跑車，假裝漫不經心地朝副駕駛看了一眼。

這一眼正好跟阮思嫻的目光對上。

對方也沒什麼特殊的表情，非常自然地移開了視線。

阮思嫻像做閱讀理解似的從男人眼神裡讀出了些意思。

——「噢，傅總又送女朋友下班了。」

阮思嫻心裡那股落不了地的虛浮感再次加重。

太不真實了，她甚至感覺自己在臆想。

明明年初的時候她看見這個男人還每天炸毛，恨不得在臉上刻上「我不想見到你」六個大字。

而她的生活好像突然被老天爺生拉硬扯拽到傅明予旁邊，還霸道地幫他們牽了條紅線，也沒問當事人同不同意。

難以想像，身旁這個人竟然是她的男朋友了。

「男朋友」三個字意味著很多，把兩個人綁為一體，生活裡的各種事情都會糾纏到一起。一起吃個飯逛個街散個步也就算了，最不一般的，只有情侶之間才會做的事，比如接吻，甚至更深入的行為，都變成一種順理成章的事情。

想到這裡，阮思嫻突然有一種頭皮隱隱發緊的感覺，心好像爬升到了嗓子眼，從脖子到胸腔的部位痠痠脹脹的，有些找不到方向。

深秋的天黑得很早，不到七點，夜幕已經完全降臨。

這條路不是回名臣公寓的路。

阮思嫻側頭看開車那人，「你要去哪啊？」

傅明予不疾不徐地踩了一腳剎車，停在紅綠燈，「想吃什麼？」

阮思嫻：「嗯？」

傅明予轉頭看她：「不該帶我女朋友去吃個晚飯？」

「哦……」

阮思嫻對這個「女朋友」的稱呼還是有點不習慣，特別是看到他的眼睛時，還有點恍惚的感覺。

身分變了之後，阮思嫻感覺他的眼神看起來都不一樣了。

特別直接，還有點勾人。

她張了張嘴，本來想說去吃花甲粉絲，但是話到了嘴邊，又變成了，「你想吃什麼？」

傅明予沒說話，就那麼看著她，眼裡浸著點笑意。

阮思嫻被男朋友看得有些不好意思，轉過頭，看著前方的指示燈，說道：「西廂宴？」

他好像挺喜歡這家。

十分鐘後，阮思嫻發現路況不對勁。

這是朝著名臣公寓旁邊那條商店街的方向。

她轉頭瞄了傅明予一眼，「不去西廂宴嗎？」

傅明予看著後視鏡，俐落地把車停進路邊停車區，「妳不是喜歡吃這個嗎？」

「哦。」阮思嫻開始解安全帶，「還行吧。」

她嘴角翹了翹，打開車門下車。

車子靠右停的，阮思嫻這邊正對著那家花甲粉絲，她和傅明予同時下車，不過他要繞幾步才能走到這邊來。

明亮的路燈下，她看見傅明予拿出手機接了個電話，眉頭蹙著，走到她旁邊，順勢牽住她的手，自然得好像兩人已經相戀幾年了一般。

明明才剛確認關係不到一個小時。

——砰砰。

掌心的溫熱觸感襲來時，阮思嫻的心跳又亂了兩下。

傅明予低聲和電話那頭的人交代一些事情，感覺到握著的那隻手有些燙，於是回頭看了阮思嫻一眼。

對上目光，阮思嫻雖然心裡發慌，但也回了一個「看什麼看」的眼神回去。

傅明予笑了下，牽著她往裡走去。

「嗯，讓工程技術提供飛機的故障保留資訊和機務運行限制資訊給你，你來主控……」

傅明予的聲音飄得有些遠，阮思嫻的注意力在那隻牽著她的手上了。

他的手掌很大，有些粗糲，那股屬於男人的骨骼感覺覆在她感知敏銳的手上，讓她有點心猿意馬。

她發現，當腦子裡一直想著這個人的身分是她男朋友後，四周就變得特別安靜，顯得她的呼吸聲和心跳聲明顯了很多。

由於還沒有到吃飯時間，甚至普通的下班時間也還沒到，所以這家店出奇的沒有排隊，店裡只有幾個客人。

阮思嫻今晚是真的想吃花甲粉絲。

寒冷的深秋夜裡，還有什麼比一碗熱氣騰騰的花甲粉絲更誘人呢。

老闆竟然還記得傅明予和阮思嫻這個搭配，當他們兩人走進來時，眼裡露出一股「我這裡到底是有多好吃竟然吸引這種看起來就是霸道總裁的人來第二次」的迷惑感。

「兩位又來了，今天吃什麼？」

阮思嫻一邊擦板凳，一邊說：「老闆，你還記得我們啊？」

「記得，當然記得。」客人不多，老闆有了閒聊的興致，雙手在腰間圍裙上擦拭兩下，「天仙一樣的兩位哪能忘呢。」

阮思嫻被老闆誇得有些高興，笑咪咪地點了一份酸辣花甲粉絲，還特地囑咐老闆多放點花甲，可以多付錢。

「不用，多幫妳加點就行了，下次再來。」老闆又去問傅明予，「您呢，吃什麼？」

剛剛柏揚傳來了幾份待簽發的ＭＥＬ／ＣＤＬ項目單，比較重要，傅明予不得不在這個時候抽出時間看手機，頭也沒抬地說：「跟她一樣。」

老闆從他的語氣裡聽出幾分敷衍的感覺，頓時明白原來不是他這裡味道太好，人家只是陪女朋友下凡而已。

老闆應聲走了，阮思嫻坐到傅明予對面，只見他盯著手機，不知道在幹什麼，於是伸腿輕輕踢了他一下。

「你在幹什麼？」

傅明予抬頭看她一眼，帶著些安撫味道地說：「機務部季度彙報需要我處理，妳等我一下。」

我等你幹什麼。

阮思嫻托著腮抬頭看店裡的電視機。

剛剛進來時，他們後面那桌的女生就注意到他們了，約莫聽到了他們的對話，於是拿筷子戳一下自己的男朋友。

「你看看人家的男朋友，一看就是個精英，都願意來這種小店陪女朋友吃飯，我叫你出來一趟還要一哭二鬧三上吊。」

對話不輕不重地飄進阮思嫻耳裡，她不動聲色地看過去，見那個男生搖頭晃腦地打遊戲，漫不經心地說：「妳也不看看人家女朋友長什麼樣。」

女生被氣得狠狠揪了男生一下。

趁著傅明予低頭看手機，阮思嫻的目光慢悠悠地落在傅明予的側臉上。

在心裡一邊又一邊告訴自己。

這是妳男朋友，妳自己親口承認的男朋友。

還挺好看的，不虧。

想到這裡，她又抬起頭看電視，但嘴角悄無聲息地彎了一個小小的弧度。

傅明予回完訊息，抬頭就見阮思嫻在笑。

「笑什麼？」

阮思嫻垂眸睨了他一眼，「沒什麼。」

他又說：「妳今天挺開心啊。」

有嗎？

阮思嫻抿了抿嘴唇，繼續看牆上的電視機。

「你看錯了吧。」

傅明予放下手機，沒說話，順著阮思嫻的目光回頭看了電視裡的內容一眼，皺了皺眉頭，隨即收回視線。

「電視就這麼好看嗎？」

連新上任的男朋友也不多看一眼。

阮思嫻托著下巴，注意力已經不在電視上面了，但還是強裝雲淡風輕沒話找話。

「還行吧，這女明星今年突然紅了，感覺很多電影和節目都有她，以前沒有聽說過她，我之前連她的名字都記不住，叫李什麼樹什麼……」

傅明予：「李之槐。」

傅明予冷不防的一句補充，讓阮思嫻愣了一下。

她垂下眼眸，揶揄傅明予，「你還挺關心這些女明星啊。」

傅明予一副「隨便妳怎麼說」的表情。

「那你覺得她長得怎麼樣？」

「還行。」

還行？

阮思嫻覺得傅明予這人是真的沒有一點求生欲。

怎麼能在女朋友面前誇另外一個女人還行？

「哦，是你喜歡的類型嗎？」

傅明予抬頭看她，目光淡淡的，「我喜歡什麼類型妳不知道嗎？」

他好像猝不及防間接表了個白？

她剛剛就一直在想，她跟傅明予之間是不是缺了點什麼。傅明予好像從來沒有正面表白過吧，也沒問過她是不是喜歡他，直接跨過這道程序接了個吻確定了關係。

聽到這句似是而非卻又有指向性的話，阮思嫻發現自己心裡還挺開心的。

正好兩碗花甲粉絲端了上來，一股酸辣的味道頓時充斥在兩人之間。

她拿起筷子說：「我幫你挑花甲吧。」

傅明予遠遠盯著那碗東西，「不用。」

阮思嫻自顧自地開始挑花甲：「男朋友都紆尊降貴下凡陪我了，就讓我為你服務一下吧。」

「那妳還不如直接餵我一口。」

阮思嫻手上動作一頓，慢慢捏緊了筷子，瞇著眼睛看他。

所以有時候就是不能太把傅明予當人看待。

「我還可以負責以後一日三餐都親手餵你，順便每兩個小時幫你翻個身，這感天動地的愛情你要試試嗎？」

「翻身？這個我可以幫妳。」

「……」

吃完這頓飯只花了十分鐘，期間阮思嫻沒有再跟傅明予說一句話。

她合理認為剛剛傅明予在隱晦地耍流氓。

偏偏還讓她不好反駁，越說下去只會越來越偏。

好歹也是上市公司的未來繼承人，公共場合發騷，還是人嗎？

幸好他人不在上海，不然人家都不知道該把他扔到哪個分類回收桶。

好在回去的路上，傅明予十分安分，沒有任何言語或者肢體上的耍流氓行為。

阮思嫻覺得這主要歸功於五分鐘的車程裡他就接了三通電話，沒空說別的做別的。

直到車開進了公寓內，他才空下來，側頭看了阮思嫻一眼。

「明天飛哪？」

阮思嫻沒說話。

傅明予：「怎麼了？」

「我說你能不能克制一下自己。」阮思嫻覺得自己的表情語氣十分嚴肅，能對旁邊這人起到警醒作用，畢竟都是男女朋友了，要有一些心與心的交流，「說話啊什麼的注意一下影響。」

「嗯？」傅明予把車停在樓下，偏頭看她，「我說什麼了？」

重新提起那個話題，阮思嫻耳根子有些紅。

幸好她下飛機的時候已經把頭髮放下來，這時候傅明予應該看不到。

「吃飯呢，你在說什麼？」

「吃飯時候說的話嗎？」傅明予一隻手臂打著方向盤，聲音裡有些許笑意，「不是妳先說的嗎？」

阮思嫻：「……」

這麼說還是我的錯了？

行吧。

你是好人我不配，忘了我吧下一位。

阮思嫻在心裡單方面跟傅明予分了個手，並且強裝鎮定地解開安全帶準備下車。

手剛碰到車門，身後的人突然拉了她一把，把她拽回去。

「我還有事，要回公司，妳早點睡。」

阮思嫻跟她前男友點點頭，「哦。」

片刻後，阮思嫻發現前男友還拽著自己。

知道了！還不放手嗎？

她皺著眉頭轉過去，倏地對上傅明予沉沉的目光，那層薄怒瞬間消失殆盡。

這可能是看著那張臉就可以消氣的最佳詮釋了。

車內沒有開燈，只有路燈昏暗的透進來，光影裡的細小灰塵在光束中緩緩浮動，呼吸好像都變得特別慢。

他傾身靠過來的時候，阮思嫻下意識閉上了眼睛。

預料之中的吻卻沒有落下來，反而聽到一聲輕笑。

阮思嫻睜開眼睛，傅明予跟她靠得很近，笑著說：「以為我要親妳嗎？」

「……」

人渣。

阮思嫻心裡很慌，有點惱羞成怒的意思，一巴掌拍在他臉上。

手卻被他按在自己臉上，然後湊過來，低聲道：「是想親妳沒錯。」

話音落，他吻了上來。

很溫柔，很繾綣，卻沒有留戀，半分鐘後，他睜開眼睛，按著她的手在自己臉上摩挲片刻，沉聲道：「晚安。」

阮思嫻走到電梯廳，按了上樓鍵，同時舔了舔嘴唇。

她發現，不管是什麼程度的吻，傅明予總能牽引著她讓她不自覺沉迷。

就憑藉剛剛半分鐘的吻，她決定原諒傅明予，單方面跟他復合，並傳了訊息給他，提醒他記得吃晚飯。

上樓後，阮思嫻洗了個澡，敷著面膜坐到沙發上翻了翻手機。

她覺得自己有男朋友了這件事應該跟閨密們說一下，於是打開群組，傳了一則訊息。

阮思嫻：『我今天喜提了一個男朋友。』

半分鐘後。

司小珍：『？』

卞璿：『？』

阮思嫻：『？』

阮思嫻：『怎麼了？很震驚嗎？』

司小珍：『倒也不是，傅總嗎？』

卞璿：『妳問的是什麼問題，還能是別人嗎？我們阮阮是那種三心二意的人嗎？』

不是，這兩個人什麼意思？

她自己也覺得很突然花了一晚上才消化傅明予現在是她男朋友的事實好不好。

司小珍：『所以呢，到底是不是他？』

阮思嫻：『是。』

卞璿：『看吧，我就知道。』

阮思嫻：『……』

司小珍：『啊！果然是傅總！妳快詳細說說怎麼回事？』

阮思嫻：『有什麼好說的？不就是那麼一回事。』

司小珍：『我的意思是，想知道這種總裁型人物怎麼告白的，是不是特別酷炫？』

告白？

阮思嫻想了想，除了今天晚上那句「我喜歡什麼類型的妳不知道嗎」，傅明予好像沒有正式的告白。

怪不得她總感覺缺了點什麼。

今晚那句不能算數。

沒有正式的告白，她不確定傅明予對她到底是什麼意思。

他好像從來沒說過一句「喜歡」，就直接行動了。

阮思嫻：『沒有。』

司小珍：『？』

卞璿：『總裁果然都是追求效率的，自信這塊捏得死死的。』

確實自信，追人都不用告白的。

第二天早上，阮思嫻還在記掛這件事。

感覺自己真的有點一根筋，一句正式的告白都沒有就跟人走了。

沒有告白就算了，還在確定關係第一天當著她的面誇電視上的女明星長得還行。

哦，不僅是這樣，他還能一嘴叫出別人的名字。

連她作為一個經常滑社群的人都叫不出的名字。

阮思嫻突然發現，她對傅明予的瞭解是不是太少了點？

人家交個男朋友都要調查戶口，而她除了男朋友的姓名年齡和工作外，幾乎一無所知？

然而今天有一趟長途航班，這些事就在阮思嫻進入世航大樓的那一刻被她強制拋到腦後。

本次航班飛錫市，分配到的機長是一個中年男人，也不知道是基因還是怎麼的，五十幾歲，頭髮就白得差不多了。

而且他是一個極其嚴肅，不苟言笑的人，從航前協作會到上機，都不怎麼說話。

直到進入駕駛艙，他也只說了句「希望今天別出什麼差錯」，帶著對阮思嫻的一丁點不信任。

阮思嫻也不是第一次遇到這種情況，沒放在心上。

但大概是一語成讖，今天的飛行還真的遇到了問題。

起飛七分鐘後，坐在副駕駛座上的阮思嫻突然聽到一聲巨響。

她立刻轉頭去看機長。

機長也看了她一眼，按著耳麥，還想仔細去聽一下其他動靜。

這時候，阮思嫻已經聞到一股焦糊味。

「機長，可能是吸鳥了。」

意思就是，飛機被鳥撞了。

別看飛機那麼大一個，在空中，還真的挺怕鳥。

雖然鳥的體積小，但是飛機速度足夠快，特別是在爬升的時候，和鳥相撞產生的動能足以撞毀引擎。

何況她都聞到焦糊味了，情況並不容樂觀。

這位不苟言笑的機長在這時候也沒說什麼話，只是看著儀錶盤，經過思考後，做了個決定。

「聯絡塔臺，返航吧。」

一隻零點四五公斤的鳥與時速八百公里的飛機相撞，都能產生一百五十三公斤的衝擊力，更何況現在他們無法預料這隻鳥的體積，飛機時速也不只八百公里。

現在返航，是為了確保安全。

這種情況雖然少見，但也在可控範圍內，至少飛機還有另一個引擎足以保證飛行，所以阮思嫻並沒有慌張，只是有些感慨，自己才坐上副駕駛大半年，就已經遇到兩次不正常情況。

一次備降，一次返航。

還真是有點豐富的履歷。

但她沒想到真正的麻煩卻在成功返航後。

本次航程原計劃三小時到達錫市，其中有不少轉機的乘客。

雖然決定返航後的半個小時機長已經通知了客艙，但是真正在兩個半小時後飛機停靠在江城國際機場時，乘客的情緒還是有些難以控制。

有個空服員走進駕駛艙，說有乘客在客艙門口堵著要說法。

機長嘆了口氣，揉著肩膀站起來說：「走吧，出去看看。」

必要的時候，他們兩人要跟乘務組一起站在外面跟乘客道歉。

只是阮思嫻和機長還沒走到艙門口，就聽到一個中年男人的嚷嚷聲。他聲音極大，還帶著哭腔，完全蓋住其他人的解釋。

走出去時，看到果然是一個體型極壯的中年男人。

倪彤作為本次航班座艙長，一遍又一遍地耐心跟他鞠躬解釋：「先生，請您稍安勿躁，本次航班遭遇鳥擊，返航也是為了安全著想……」

「我不信一隻鳥就能把飛機怎麼了，這麼大一架飛機，你們唬誰呢！」男人大聲地打斷倪彤，「妳讓我怎麼稍安勿躁，我爸現在躺在老家病床上奄奄一息，就等著我去見最後一面，你們這是要我見不到我爸最後一面啊……」

說到這裡，那個男人情緒再難掌控，直接嚎哭了起來。

倪彤再一次說道：「我們會儘快安排補班航班。」

「補補補！我爸等得了那麼久嗎！」男人快站不住了，偏偏倒倒地靠著艙門，看見後面兩個穿機師制服的人出來了，立刻又指著他們說，「我就知道一個老頭子和一個女人不可靠，什麼鳥啊雀的，根本就是你們自己的問題！你們這是要我遺憾一輩子啊！你們是沒爸的人嗎？你們這是要我見不了我爸最後一面啊！」

阮思嫻聽到這話，腳步微頓。

側頭去看機長，他的表情也不太樂觀。

旁邊跟那男人同行的女人是他老婆，情緒沒他激動，也有點看不下去他失態的樣子，於是扭開保溫水壺遞給他，「你先喝口水，在這裡嚷嚷有用嗎？」

水壺裡是滾燙的開水，遞到男人嘴邊，他的情緒稍微平復了些，對著壺嘴吹了吹。

他老婆又轉頭問倪彤：「那什麼時候能安排新的飛機給我們？」

倪彤和機長對視一眼，皺著眉頭說：「目前還不確定，根據以往經驗，如果快的話今天下午能起飛，或者……」

她還沒說完，那個男人聽到「下午能起飛」五個字，雙眼通紅一瞪，端著水壺就朝倪彤潑去。

倪彤尖叫一聲，朝後倒去，阮思嫻眼疾手快，順勢拉倪彤一把，把她往旁邊扯，結果避免了那波開水潑到倪彤臉上，不過倪彤的胸口和阮思嫻的脖子卻沒有倖免於難。

安全員反應夠快，立刻上前制服男人，但又不知是後面那個乘客在慌亂中想往外走，推了人群一把，那個潑水的男人抱著水壺一起倒地。

一時間，艙門口炸開了鍋。

滾燙的開水刷地一下刺痛大片皮膚，火辣辣的疼，耳邊又是亂糟糟的叫嚷聲，阮思嫻緊緊閉著眼睛，腦子裡嗡嗡作響。

「打人了！打人了！航空公司打人了！我要投訴你們！」

事有輕重緩急，整個機組和鬧事乘客還是要先解決矛盾。

機場負責人和世航業務部的經理都來了，協調這件事情花了近一個小時。

阮思嫻和倪彤出來時，衣服上的開水早已經涼透。

倪彤只是胸口被潑了開水，有衣服擋著，情況稍微好一點。

而阮思嫻遭殃的地方是光禿禿的脖子，到現在還殷紅一片。

他們去了航醫那裡看了情況，上了藥，出來的時候兩個人氣壓都很低。

倪彤直接委屈哭了。

「這到底怪誰，飛機出問題了強行飛他是想全飛機給他陪葬嗎？怎麼有這麼不講理的人，每個月都有，年年都有，我到底圖什麼。」她抬手抹著眼淚，哽咽著說，「什麼都以旅客為標準，一百位旅客說好都比不上一位旅客說不好而打的分，還要挨罵受氣，得了一身的職業病，一休息就跑醫院做治療，誰像我們這麼年輕就有密密麻麻的病歷本啊，比別人多賺的錢全都交給醫院了。」

原本在調節處的時候阮思嫻就被那男人指著鼻子罵了一陣子，現在耳邊又充滿了倪彤的抱怨，情緒被帶得越發低沉。

每每坐進駕駛艙，前方是一望無垠的天空，後方是上百人的生命安全，擔負的責任與壓力都可以被熱愛取代。

但遇到這種事情，偏見、不信任、無理取鬧接踵而至，任誰都會有翻湧而至的負面情緒。

只是阮思嫻習慣了自我調節情緒，這時還是先安慰倪彤。

「算了，投訴就投訴吧，核實之後不會有事的，妳已經做得很好了。」

走到電梯廳，倪彤的情緒終於止住了，但是她手機一響，一看是自己媽媽的電話，立刻又帶著哭腔接起電話。

「媽，今天我差點氣死了……」

直到電梯上了十四樓，阮思嫻還聽著倪彤跟她媽媽哭訴。

阮思嫻揉了揉鼻子，摸出手機看了下，什麼動靜都沒有。

沒有家人的電話就算了。

男朋友呢？她這時候的男朋友呢？那個她一無所知的神祕男友呢？

電梯門緩緩打開，阮思嫻一抬眼，就看見她那一無所知的神祕男友大步流星朝她走來。

噢，還活著呢。

看到她的那一瞬間，傅明予愣了下，隨後腳步更快了。

阮思嫻跨了一步，走出電梯。

傅明予停在她面前，看了她的脖子一眼，沒說什麼，拉著她掉頭就走，全然沒管一旁的倪彤，完全把她當成空氣。

阮思嫻被他拉著一路走到他的辦公室，外面坐著好幾個助理，全都眼觀鼻鼻觀心，裝作沒看見這一幕。

自動門在阮思嫻踏進去之後徐徐闔上。

傅明予帶著她坐到沙發上，凝神看了下她的脖子，然後伸手去解她胸前的釦子。

阮思嫻：？

阮思嫻一秒護住脖子。

「你幹什麼？」

「我看看。」傅明予拉開她的手，解了兩顆釦子，撥開領口，指尖輕輕滑過阮思嫻的肌膚，「還疼嗎？」

這不是廢話嗎？

阮思嫻沒回答。

她放在腿邊的雙手不自覺蜷縮。

比起脖子上的痛，她現在感覺更多的是不好意思。

衣領扯開了，她的黑色內衣肩帶就露出來了。

「航醫怎麼說？」傅明予看了一下，慢條斯理地替她扣上釦子。

「還好，不嚴重。」

阮思嫻抬眼看他，「那個……我要被投訴了。」

「嗯。」傅明予說，「我知道，不是妳的錯，投訴不會有效的。」

「哦。」阮思嫻問，「那如果他是要客呢？」

要客投訴就直接有效了。

「如果是要客，我也可以公私不分明。」傅明予坐到她旁邊，「反正也不是第一次了。」

大概是因為有了這句明確的「偏袒」，阮思嫻本來已經自我調節好的情緒反而又被勾了出來。

那一點點明知不是自己的錯卻被指責的委屈突然被放大，慢慢的，感覺自己好像特別特別委屈。

她垂下頭扭了扭脖子，低低地「嗯」了一聲。

「看來當老闆的女朋友還是有好處的。」

「妳現在才發現？」

阮思嫻抬頭看著他的眼睛，漆黑的漩渦裡，倒映著她的影子。

她心裡慢慢盤旋起昨晚想的那個事，傅明予還欠她一個告白。

不過這個時候再問，好像確實有些多餘。

「傅明予，我跟你說個事。」

「嗯？」

「如果哪天你不喜歡我了，你知會我一聲，當面說打電話或者傳訊息都行。」

「……」

「我不會纏著你，也不跟你要分手費。」

「……」

「但是你答應我的雙倍年薪不能反悔，明明白白簽在合約裡的。」

「……」

阮思嫻扯了扯他的領帶，「你說話啊，行不行？」

傅明予有些頭疼。

阮思嫻平時看起來不是纏著問「你到底愛不愛我」的女人，但是一旦發問，那就是送命題。

這種問題怎麼回答？

回答「好」——死。

回答「不好」——死無全屍。

「妳為什麼要詛咒我們分手？」

阮思嫻拽著他的領帶晃了晃，「隨便說說。」

傅明予沒在意她說的話了，神思集中在她拽著領帶的手上。

她是真不知道還是裝不知道，扯一個男人的領帶搖晃，是多具有誘惑力的一件事。

他靠近了些，按住阮思嫻抓她領帶的手不讓她再亂動。

「如果你沒告訴我一聲就去另尋新歡，我就……」

阮思嫻頓住，看著和自己靠得極近的傅明予。

不是，我跟你說正事呢，你靠這麼近幹什麼？

「妳就怎麼？」傅明予問。

「我就——」

為你十里長街送花圈，你的靈堂擺在正中間。

「就算了唄。」

她說完還笑著眨了眨眼。

當天的補班航班在下午三點起飛，調了一架空客三三〇。

雖然乘客還是抱怨連連，但是得到相應的金錢補償後情緒慢慢平息了下來。

而那位鬧事乘客的投訴自然沒有生效，並且因為故意傷人被警方帶走。

阮思嫻脖子上的燙傷沒有大礙，但畢竟是開水，脫一層皮是少不了的。

幸好這幾天恰逢她季度飛行時間達到上限，有好幾天的休息時間，可以在家好好養養她的燙傷，不然還要占用她的飛行時數。

但是休假養傷也不代表就能成天躺床上。

面對密集的各種考試、模擬機訓練、機型複試，阮思嫻要坐在書桌前入定。

她忙，她男朋友比她還忙，昨天處理了鬧事乘客的事情後，接了個電話就飛撫都了。

飛飛飛，天天飛，成天都在飛機上，自己當機長得了。

阮思嫻用筆戳了書兩下，換一隻手撐著下巴，翻了兩頁書，手機好像就自動跳到她手裡了。

等阮思嫻回神時，她已經打開了傅明予的聊天室。

阮思嫻手指搭在螢幕上敲了敲，琢磨著說什麼讓她看起來比較雲淡風輕不是沒話找話。

她想來想去，傳了最簡單的五個字。

阮思嫻：『你在幹什麼？』

傅明予：『想我了？』

阮思嫻：「……」

總裁的自信這一塊真的拿捏得很死。

阮思嫻：『那倒也沒有，就是想問問季度獎金到底什麼時候發。』

傅明予沒有回訊息，幾分鐘後，阮思嫻收到一則來自銀行的轉帳簡訊。

傅明予：『夠嗎？』

阮思嫻看著這訊息，心情有點難以言喻。

當代塑膠情侶很難有正常交流，難道她看起來很像一個容易被金錢收服的女人嗎？

阮思嫻：『我不是找你要錢，我也不缺錢。』

傅明予：『那就是想我了？』

阮思嫻：「……」

這邏輯，這思考方式。

阮思嫻：『你邏輯太厲害了我理解不了你去跟愛因斯坦交流吧。』

放下手機，她托著腮嘆了口氣，心裡不上不下的，說不出什麼滋味。

看書吧，傅明予那張臉就老在她眼前晃來晃去，陰魂不散。

兩分鐘後，傅明予傳來一張照片。

傅明予：『我在這裡。』

阮思嫻隨意看了一眼，照片是航展會展中心一角，拍攝角度很隨意，畫面裡是各種模型。

但右上角那一塊，阮思嫻盯緊了放大看。

阮思嫻：『右上角那個是塞斯納一七二嗎？』

傅明予本來沒注意那邊的單引擎四座活塞式小型通用飛機，看到阮思嫻的訊息，他才走過去看了一眼。

傅明予：『嗯。』

阮思嫻：『我 First solo 就是開這個。』

First solo 是指飛行學員脫離教員，第一次單獨操作飛機單飛的考試。

阮思嫻永遠忘不了那天，她駕駛著那架塞斯納一七二，越過訓練場的麥浪綠蔭，順著奔湧的流雲，一路追逐南遷的大雁。

進入航空公司後反而面對的是一成不變嚴格遵守的 sop 和標準喊話，那次 solo 的記憶便顯得尤其清晰，畢竟它有可能是阮思嫻此生為數不多的 solo 經歷。

塞斯納一七二外號「天鷹」，被譽為世界上最成功的通用飛機，也是最受歡迎的小型私人飛機。正因如此，本次航展反而沒多少人注意它。

傅明予本來也沒放多大注意力在這上面，但現在，他足足看了好幾分鐘。

腦海裡浮現出阮思嫻 solo 時穿雲而過的模樣。

轉頭又看見旁邊的鑽石 DA50 超級星，傅明予突然開口叫柏揚。

柏揚上前，「怎麼了？」

傅明予指了指旁邊那架鑽石 DA50 超級星，跟他吩咐了幾句。

柏揚點頭稱好，心裡卻迷惑。

見過買鑽石買首飾買包包給女人的，買飛機的還是第一次見。

傅明予：『我去吃飯。』

行吧。

阮思嫻想，這大概就是塑膠情侶。好不容易傳訊息給他，總共只回了二十個字。

她也懶得理他了，起身換衣服準備出門。

之前答應了董靜有空去醫院看她，前段時間一直忙著，今天倒是有時間。

今年冬天有些愛下雨，常常一睜開眼就是陰沉的天。

阮思嫻套了件大衣出門，在醫院門口的花店買了束康乃馨。

她事先打過電話給董靜，知道她今天只有看護陪著。

進了病房後，看護阿姨倒了杯水給阮思嫻就出去了。

董靜已經快要出院，精神好了不少，加上她和阮思嫻這些年確實很少見面，於是拉著她聊了一陣子。

一下子問她當初怎麼會去當飛行學員，一下子又問她現在工作的福利待遇，不知不覺過了一個多小時。

這本來應該是一次氣氛輕鬆的聊天。

——如果鄭幼安沒有突然出現的話。

當病房門被敲了兩下，阮思嫻回頭望去，看見鄭幼安出現在門口，一時有些茫然。

鄭幼安比她更茫然。

在門口站了兩秒，她又退出去看了病房號一眼。

直到看見躺在病床上的董靜，她才確定自己沒走錯。

相比鄭幼安的驚訝，阮思嫻淡定多了，只是有些不知道怎麼開口。

董靜也沒想到鄭幼安突然來了，但還好，孩子之間也沒什麼，於是朝鄭幼安招手：「安安來了？在門口站在做什麼，快進來。」

鄭幼安像機器人一樣機械地走進來，上上下下地打量阮思嫻，「妳……」

董靜看了阮思嫻一眼，說道：「這是阮阮，之前跟妳說過的，算起來……妳可以叫一聲姐姐。」

鄭幼安：「……姐姐？」

董靜沒直說「這是妳媽媽的親女兒」，但鄭幼安聽得懂。

正因為聽得懂，她更茫然了。

阮思嫻不知道說什麼好，就任由她打量。

鄭幼安半張著嘴，也不知道說什麼。

不是，為什麼震驚的只有她一個人？

鄭幼安花了近十分鐘才消化這件事，並且她覺得阮思嫻一直知道她們的關係，蒙在鼓裡的只有她一個人而已。

後來事實證明，是這樣的。

阮思嫻說有事要先走的時候，她追到病房外的走廊，拉住她問：「妳是不是一直知道啊？」

阮思嫻無奈地點頭承認。

「那妳怎麼不說？」

「妳也沒問我啊。」

鄭幼安：「……」

她感覺自己早晚會被阮思嫻玩死。

「不是，我覺得妳怎麼這麼多套路呢？妳是不是連傅明予那事也是故意的，就是為了讓我對他死心？」

阮思嫻：？

阮思嫻被她的腦迴路閃到腰：「妳想太多了吧？」

「說他狂妄自大又傲慢的是不是妳？」

「說他腦子有毛病的是不是妳？」

「說他渾身都是缺點的是不是妳？」

阮思嫻一個字都無法否認，確實句句屬實。

鄭幼安最後發問：「那妳是多喜歡他才能忽略這麼多缺點跟他在一起啊？」

阮思嫻：「妳別這麼說我男朋友。」

鄭幼安：「……」

她差點當場氣暈，救護車都不用了，直接抬到二樓急診室。

其實阮思嫻被鄭幼安最後一問帶跑了。

在這之前，她甚至從來沒思考過自己是不是喜歡傅明予，感覺一直被他牽著走，糊裡糊塗就在一起了。

所以鄭幼安今天說的話，反而讓阮思嫻明明白白確定自己好像是喜歡傅明予的。

不然怎麼可能會走到今天。

問題是阮思嫻自己都不知道喜歡他什麼。

他不就是長得帥了點脾氣好了點性格溫柔了點家裡飛機多了點……那確實還挺好的。

腦子裡想了一通這些事情，阮思嫻心情莫名好了起來，那股朦朦朧朧迷霧一般的思緒逐漸散開。

就是喜歡他呀，喜歡他長得帥脾氣好人又溫柔家裡飛機還多。

——只要他別自戀。

晚上到家後，阮思嫻沒再看書，打開 iPad 翻了個綜藝出來看。

當季最熱的男偶像選秀，一百零一個帥哥，看得阮思嫻樂不思傳。

與此同時，撫都弘壹招待所。

傅明予端著一杯酒，周旋於眾人之間。

由於沒有時間吃晚飯，這時胃裡不太舒服，一杯杯酒下肚，加劇了不適感。

今天這場酒會是私人性質的，他原本不打算來，只是在航展上遇到了那位老熟人，作為撫都東道主，客套話說得十足，他倒不好拒絕。

不過傅家從未在這裡開疆拓土，所以酒會上的人大多不是工作上的來往夥伴，傅明予尋了個藉口到休息區坐著也不算失禮。

耳邊環繞著交響樂，眼前衣香鬢影眼花繚亂，傅明予閉了閉眼，拿出手機傳訊息給阮思嫻。

傅明予：『我後天中午回來，陪我吃個飯？』

等了十餘分鐘，那邊才回了個，『哦。』

還真是挺冷淡。

傅明予：『妳在幹什麼？』

阮思嫻：『選哥哥。』

傅明予：『？』

阮思嫻傳了六七張照片過來給他。

阮思嫻：『我 pick 這幾個哥哥。』

傅明予：『妳多大年齡，人家多大年齡，妳好意思叫哥哥？』

阮思嫻：『……你懂什麼，這是統一愛稱。』

傅明予笑了笑，又見她傳來一張照片。

阮思嫻：『這個怎麼樣？跟你有點像哦。』

傅明予：『那妳選他吧。』

阮思嫻：『算了，跟你長得差不多，沒意思，我要選不一樣的。』

傅明予：『妳還想選幾個哥哥？』

低頭看手機時，傅明予沒察覺到有人正在朝他靠近。

阮思嫻：『你懂什麼，多個朋友多條路，多個哥哥多個家。』

「明予？」

頭頂響起一道不太確定的聲音。

傅明予抬頭，見一位穿著黑色長裙的女人站在他面前，笑意盈盈。

「我聽說你要來，剛剛看了一圈也沒見到你，原來到這裡躲著了。」李之槐一邊說著，一邊遞給他一杯酒，「好久不見了呀。」

傅明予起身，接了她遞過來的酒，點頭道：「好久不見。」

同時，他的手機又響了一下。

阮思嫻：『只要哥哥換得快，沒有悲傷只有愛。』

第十九章　緋聞

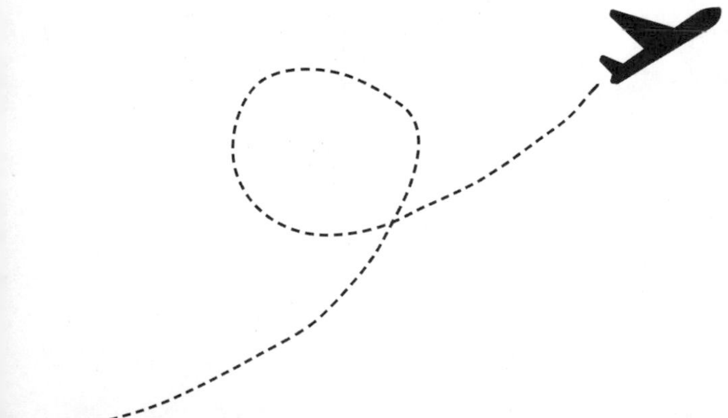

高中畢業近十年，此後各奔西東，算起來也很久沒有見面了。

傅明予想起上一次和李之槐碰面還是去年高中班導師，也就是她爸爸病重的時候，他去抽空探望了一次，在病房裡兩人匆匆一瞥。

傅明予不是熱衷聯絡的人，大學不在國內，和高中同學接觸甚少。畢業後回國，大家倒是都得了消息，隔三差五邀約聚會，他不是真的有事去不了，就是假裝有事藉故推脫，從未出現在那種大大小小的同學會上。

平時工作太忙，他不想再把時間浪費在這種無謂的社交上。

說現實一點，高中那群同學已經不是同一個圈子的人，無需他花時間去維持關係。

倒是李之槐，他有些印象。

一來李之槐是他高中班導的女兒，因為老師的原因，有些不多不少的聯絡。

二來，今年李之槐存在感實在太強，時常霸占螢幕，熱搜不斷，饒是傅明予忙於工作，也從朋友嘴裡聽到過不少次。

「聽說你過來參加航展，怎麼沒見到宴安來呢？」李之槐長捲髮披肩，纏了些金線，在酒會燈光下隱晦地透著光芒。

「這次航展是他姐姐出席。」傅明予舉杯示意，「恭喜，聽說妳上個月拿獎了。」

李之槐笑道：「沾了導演和編劇的光罷了。」

她仰頭喝了口酒，手指在杯腳上輕敲，琢磨著說點什麼，卻看見傅明予目光又落到手機上了。

他低頭看了手機一眼，瞄見阮思嫻那句『只要哥哥換得快，沒有悲傷只有愛』，有些牙癢癢。

傅明予：『欠收拾？』

傅明予回訊息的時候，李之槐酒杯抵在嘴前，半遮半掩地打量著他。

去年在病房裡一見，她趕通告，連話都沒說上兩句，但男人依然如少年時代那般耀眼。不同的是氣質沉澱得越發沉穩。

而今天，宴會廳輝煌的燈光下，細細瞧他眉宇，只覺得比年少時期更堅毅，更有男人味。

「你很忙？」

「還好。」收了手機，傅明予道，「女朋友的訊息。」

「噢，這樣啊。」心裡莫名一沉，眼裡的那抹異色在卻眼瞼一閉一張之間隱去了，李之槐手指轉動著高腳杯，又道，「對了，你知道鄔茵下個月要結婚了嗎？」

這名字聽起來有點耳熟，在李之槐的提示下，傅明予想起來了。

鄔茵，不就是那個導致傅明予和宴安脆弱的友誼出現重大裂痕的校花嗎？

畢業後沒什麼聯絡，若不是經常看到宴安那張臉，傅明予還想不起來這號人。

「不太清楚。」

李之槐點點頭，不再說話。

心裡卻有一絲難以言喻的竊喜。

高中她和鄔茵是形影不離的好閨密，而全校卻只知道人美歌甜初戀臉的鄔茵，忽略了旁邊那個會彈吉他的李之槐。

甚至在畢業舞會上，鄔茵向傅明予告白那一次，都是她上臺伴奏作為陪襯。

「她老公也是我們學校的啊，就是隔壁班那個籃球打得很好的男生，現在是工程師。真沒想到她當初說要當歌手，如今也因為愛情，準備當個全職太太了，有時候我還挺羨慕她……」

傅明予不失禮貌地聽她說完，而一旁柏揚已經指著手錶在示意他了，於是說道，「時間不早了，我明天還有事，先失陪。」

他放下酒杯，轉身去跟今天酒會的主人打個招呼，剛走了幾步——

「等一下！」

李之槐突然叫住他，端著酒朝他走去。

阮思嫻是在看綜藝的時候睡著的。

睡得早，自然也醒得早。

去健身房待了兩個小時，回來洗澡洗衣服大掃除，忙完，也才十一點。

難得休假，阮思嫻點開外送軟體看了兩眼，還是決定自己開個火。

天氣已經很冷了，阮思嫻套上大衣，裹上圍巾，打開門的那一瞬間一股冷風灌進來，頓時生了退意。

算了，外送才是人生真諦。

她轉過身，一邊脫鞋，一邊拉門。

在即將闔上的時候，她感覺到一股阻力。

心下奇怪，用力拉了拉，門反而被大力往外扯。

什麼情況？

阮思嫻在「用力關上門」和「出去一探究竟」之間，下意識選擇了前者，另一隻手拽住把手，鉚足了勁一扯——敵方太強，拗不過，門被一把扯開。

阮思嫻往外一看，差點以為自己出現幻覺。

傅明予一身黑色筆挺西裝，外面套了一件同色系的長款大衣，剪裁講究卻簡潔，整個人看起來有一種不太真實的完美感——除了他眼裡那一抹不太正經的笑意。

「妳一個女孩子，力氣怎麼這麼大？」

阮思嫻站在門口，好一陣子才回神：「你不是明天才回來嗎？」

「聽妳的語氣，好像不太期待我回來？」

阮思嫻儘量讓自己的表情看起來確實沒有一點驚喜的感覺，揚眉道：「確實。」

她站在門口，距離就那麼點，容不下兩個人。

傅明予突然上前，身體貼緊她的身體，一手摟住她的腰，一手拉門，往前一步，門關上了，人也被他抵到了玄關處。

「我再不回來，有人不知道要換多少個哥哥。」

他一說話，溫熱的氣息拂在阮思嫻臉上，帶著點薄荷清香，癢癢的。

阮思嫻手撐在他胸前推了下，「唉，差不多了啊。」

傅明予鬆開她，打量她的衣服，問道：「要出門？」

「嗯，買點菜。」阮思嫻攏著圍巾，見他風塵僕僕的樣子，便問，「吃飯了嗎？」

「沒。」本來傅明予打算脫外套了，聽她這麼一說，鬆開手，「妳要做飯？」

阮思嫻點頭，下巴藏匿在圍巾裡。

「走吧，去超市。」

阮思嫻其實很少進超市，但看傅明予的模樣，像是比她進得多一般。

進了入口，他順手就在一旁拿了輛推車，抬頭看了指引牌，直奔生鮮區。

早上超市裡人不多，幾乎都是來買菜的，其中也不乏年輕夫妻的身影。

到了這時候，傅明予好像還有忙不完的事。一隻手推著車，一隻手接著電話。

阮思嫻跟在他身後，走得不疾不徐，偶爾在一旁的食材裡挑選幾個扔到推車裡。

幾分鐘過去，傅明予掛了電話，阮思嫻自然就注意到他那隻空下來的手。

阮思嫻漫不經心地盯著貨櫃，右手卻悄悄不動聲色地穿過他的臂彎，挽住他的手臂。

比起牽手，其實阮思嫻更喜歡挽手臂，感覺有更濃的安全感。

傅明予有些詫異，回頭看了她一眼。

阮思嫻別開臉看食材，幾秒後，感覺傅明予還在看她，於是回頭瞪他一眼。

「看什麼看？」

手不太聽使喚而已。

傅明予笑，「沒什麼，看妳好看。」

這說的還算是人話。

只是她發現，傅明予一進超市，連售貨大媽都總往他身上看。阮思嫻努了努嘴，低聲道：「我不行，沒你好看。」

傅明予：「別自卑。」

誰自卑？這男人是準備進軍服裝業開個恒世大染坊嗎？

阮思嫻冷笑一聲：「可不是嘛，我要是不自卑，老公早就一大堆。」

話音落，旁邊這人不走了。

她抬頭，還沒回過神，嘴唇就被輕輕咬了一下。

「……」

傅明予慢慢直起腰，舔了舔唇角，「妳這張嘴，有點欠收拾。」

阮思嫻被他在大庭廣眾下突如其來的騷閃了一下腰，行動瞬間變得遲緩，半晌才眨了眨眼睛。

在眾多售貨阿姨「沒眼看卻忍不住看」的目光下，她的臉又不爭氣的紅了，自覺地閉上了嘴。

早晨的菜品還很豐富，阮思嫻挑挑選選半天拿不定注意。而旁邊那人更甚，眼睛都沒往菜品上放一眼，搞得跟來超市增加手機計步似的。

「你想吃什麼？」

「都行。」

阮思嫻感覺她從傅明予這句「都行」裡面聽出了一點對她的廚藝不信任的感覺。

「沒有這個菜，給你三秒鐘思考想要什麼，不然就打道回府。」

說完，她立刻開始數數：「一、二、三——」

傅明予低頭看著她，嘴角似笑非笑地，「想要什麼都可以？」

「……」

阮思嫻深吸一口氣，隨手拿起一盒牛肉丟到推車裡，面無表情地說：「愛吃吃不吃算了。」

由於廚藝確實沒多精，最後阮思嫻只挑了些新鮮的蔬菜便夠了。

兩人走到自動結帳處，傅明予把東西拿出來掃描，阮思嫻站在一旁等著。

快要耶誕節了，超市裡已經開始放應景的歌曲，四周也裝點著紅紅綠綠的小裝飾。

阮思嫻手揣在口袋裡，盯著面前貨櫃上貼的聖誕小老人，想到接下來的節慶假日，有些出神。

元旦、春節……航空業最忙碌的日子要開始了，光是看了看接下來的飛行任務就讓人有些頭疼。

忽然，買完單的傅明予走到她身邊，順著她的目光看過去，頓了一下，說道：「我今天還有事，沒時間。」

阮思嫻看了他一眼，又看了眼前的貨櫃一眼。

——一整個櫃子的保險套。

你他媽什麼意思？

胸口一下子像是充滿氣要爆炸的氣球，阮思嫻頭皮開始發麻，一巴掌打在他的手臂上。

「傅明予你真的要感謝法律保護了你的命！」

見她氣極罵人脹紅了臉，傅明予偏頭朝她笑：「又開始了，索吻？」

「……」

回到家裡正好中午十二點。

阮思嫻生了一路的氣，並不想便宜傅明予做飯給他吃，於是回到家裡把食材放進廚房就拿著圍裙走出來。

但是看到客廳裡的一幕，她卻打消了這個想法。

就在她進廚房的時候，傅明予已經脫了大衣和西裝外套，靠在沙發上，擰著眉頭，閉著雙眼，但能看得出來他沒睡著。

「你很累嗎？」

「嗯。」傅明予深吸一口氣，一邊鬆領帶，一邊說，「昨晚折騰一晚上沒睡覺，今天早上跑了兩個地方趕回來。」

「你為什麼要今天趕回來？」

傅明予睜眼，深邃的目光直直地盯著她，「想見妳，等不到明天。」

阮思嫻沒說話，繫上圍裙轉身進了廚房。

這種話雖然沒什麼實際意義，但聽起來還怪舒服的。

食材都清理好了，阮思嫻盯著這堆東西，悄悄拿了手機出來，打開教學，並且關上了門。

她想快點做完這頓飯，但廚藝不允許，三個家常菜足足花了一個小時。

而且出鍋的時候，她還很不自信。

畢竟跟傅明予的一碗麵比起來，她覺得自己做的味道可能不夠看。

不過好在傅明予十分給面子，坐下來吃的時候，阮思嫻問他怎麼樣，他點頭道：「不錯。」

看他情真意切，阮思嫻立刻拿起筷子嚐了幾口牛肉。

「……」

不知道該說他味蕾有問題還是演技太高超。

「下次還是出去吃吧。」

一聽到「出去吃」，傅明予彷彿有些抵觸情節似的，皺眉道：「不用，挺好吃。」

可能比起花甲粉絲，他還是更願意吃這些不是太鹹就是太淡的東西吧。

「要不然我去開一罐下飯菜？」

傅明予瞥她一眼，夾起一塊香菇。

「這個味道真的不錯，妳嚐嚐？」

阮思嫻遲疑地張開嘴，傅明予把那塊香菇餵到她嘴裡。

「怎麼樣？」

阮思嫻一邊嚼著，一邊努力地去品味他說的那種「不錯」。

「不錯在哪裡？」

「妳可能沒有放什麼調味料，保留了香菇的原滋原味。」

「……」阮思嫻垂下眼睛，「寢不言食不語。」

半個小時後，阮思嫻終於勉強吃完了一碗飯，而傅明予卻接到了柏揚的電話。

他放下筷子，低聲應了幾句，然後掛掉電話，起身穿外套。

「有點事，我先回公司。」

阮思嫻朝他點點頭，「去吧。」

走到門口，他突然想起什麼，回頭道：「我明天沒事，妳準備一下……」

阮思嫻：「滾！」

傅明予一愣，看見她臉紅的樣子，才反應過來。

「妳想什麼呢？」他笑著說，「我說我明天帶妳去個地方。」

「……」

傅明予走後，阮思嫻收拾了碗筷，坐在沙發上休息。

這個中午過的真是兵荒馬亂。

明明以前覺得傅明予這個人說話還挺有分寸的，現在卻像變了一個人似的，好像隨時都在刻意惹她生氣。

看著他忘在沙發上的黑色暗紋領帶，阮思嫻抓起來把玩了一下。

自己找的男朋友，能怎麼辦，忍著唄。

一旁的手機響了兩下。

司小珍：『阮阮……』

阮思嫻：『怎麼了？』

司小珍：『我覺得，愛情這回事，就不要太當真。』

阮思嫻：『？』

司小珍：『妳看窗外的大樹，愛情，就跟它一樣，要麼黃要麼綠。』

阮思嫻：『？』

司小珍：『生命中還有很多美好的事情，愛情是最不值得一提的。』

阮思嫻：『妳喝了風油精嗎怎麼滿嘴風涼話？』

司小珍：『妳自己看一下吧，我在上班走不開，妳要是心情不好就去找卞璿，但是記住，千萬不要衝動，現在是法制社會！』

同時，她傳了個某八卦論壇網址過來。

阮思嫻打開，標題非常醒目。

——『我好像拍到李之槐了？！』

點進去，PO主簡潔明瞭地描述了內容。

『今天早上七點多我剛起床，打開窗簾，看見對面大樓走出來一男一女，我沒看錯吧，這是李之槐吧？』

『補充一下，我家住二樓，這是老社區，大樓與大樓之間距離挺近。』

下面是三張照片。

阮思嫻都不用放大，就能看出上面的男人可不是她男朋友嗎？

連衣服都一模一樣。

『我靠！這就是李之槐啊，她這件衣服上週還出現在街拍裡了。』

『後面那個男人是誰？看起來很帥啊，是圈內人嗎？沒印象欸。』

後面的留言，阮思嫻沒再看下去。

她拿起手邊的那根領帶，表情慢慢冷了一下。

怪不得他能一口叫出那個女明星的名字。

原來折騰了一個晚上，是這個意思？

原來看見她站在那個貨櫃前，立刻拐著彎拒絕，是因為精力不足。

大清早跟人家從社區裡出來，談論了一晚上的電影藝術嗎？

半個小時後，恒世航空十六樓。

行政大廳依然忙碌著，員工們抱著文件穿梭其中，偶爾有閒下來的人交頭接耳，議論紛紛。

直到電梯門打開，阮思嫻手裡捏著一根領帶，大步流星走過來，大廳倏然安靜。

那些來往穿梭的人中間瞬間像拉起了兩根無形的警戒線，「嘩啦」一下整齊劃一地退到兩邊，也不走動了，就盯著阮思嫻。

四周雖然很安靜，但又好像響著警報聲。

整個大廳的人看著阮思嫻一步步朝傅明予辦公室走去，手裡捏著的那根領帶彷彿一條索命繩，而她臉上明明白白寫了六個字。

——傅明予，你死了。

傅明予辦公室外擴張了十幾坪的場地供助理辦公使用，分為兩列，三張辦公桌並排二列，夾著中間的通道。

當阮思嫻走過來時，六個助理倏地停下手中的工作，齊齊抬頭看著她。

剛剛得知了發生什麼事的女助理們推己及人，從阮思嫻的腳步聲中聽出了一種駭人的感覺。

一聲聲在這偌大的辦公間迴盪，彷彿預示著將有大事發生。

而聞詢匆匆趕來的柏揚就在這裡跟阮思嫻狹路相逢。

他一看到阮思嫻的眼神，心道不妙。雙腿不自覺加快速度，和時間賽跑，就是在和生命賽跑。

大門只有一個，兩人齊齊站到那根邊緣線旁。

兩人視線對上，阮思嫻從他臉上看出了一種「通風報信」的緊張感。

「讓開。」

「不是，阮小姐……」

不等柏揚說完，玻璃門已經自動打開。

阮思嫻抬眼望去，飛行計畫部的經理正站在傅明予辦公桌前跟他說話。

聽到門口的動靜，兩人齊齊看過來。

阮思嫻揚了揚眉，傅明予便朝那位經理點了點頭。

經理會意，轉身走出去，身後那道自動門關上的時候，傅明予闔上電腦，起身道：「怎麼了？」

傅明予確實不知道發生了什麼事情。

本次事件並非娛樂媒體發力，那位發文的人也只是一個素人。

從文章發出來到引起熱議，再到行銷號搬運到社群上需要時間。

半個小時，柏揚也才剛得到消息。

「你還問我怎麼了？」阮思嫻把領帶朝他身上扔過去，「你最好給我一個合理的解釋，不然明年的今天我就送菊花給你。」

傅明予直直站著，任由領帶砸在自己身上，然後孤零零地落到桌上。

他側頭看向柏揚。

柏揚緊抿著唇上前，把 iPad 裡的娛樂新聞展示給傅明予看。

他只瞄了兩秒便大致知道怎麼回事了。

放下 iPad 後，傅明予淡淡地說：「我跟她只是普通朋友。」

來了來了！

渣男萬能話術！

阮思嫻咬牙道：「那我跟你也只是普通朋友。」

傅明予從辦公桌後朝阮思嫻走去，剛靠近想伸手，她卻退了一步。

「你先把話說給我清楚，別搞些有的沒的。」

他張了張嘴，正要開口，另一旁的電話響起。

柏揚自覺地去接起，應了幾聲後，捂著話筒抬頭看傅明予：「傅總，李小姐經紀公司的電話。」

傅明予臉上有幾分不耐，收回了手，朝柏揚點頭。

柏揚立刻按了擴音，那頭一個成熟女聲響起。

『喂，傅總您好，我是炫信傳媒的張瑛，負責李之槐的經紀工作，關於今天的新聞我們表示很抱歉，因為地方偏僻，時間又早，就沒注意避人，沒預料到就這麼被拍到了。』

她說的是事實，措辭在傅明予聽來也沒問題，但在另一個人耳裡就不一樣了。

傅明予看了阮思嫻一眼，她雙手抱臂，瞇著眼睛，渾身散發著一股危險的氣息，彷彿在看一對姦夫淫婦，臉上寫著「我看你還有什麼好說的」。

傅明予「嗯」了聲，沒說其他的，電話那邊出現短暫的沉默，很快經紀人又說道：『我們這邊會及時處理，您這邊有什麼特別需要交代呢？』

「聯絡公關部吧。」

傅明予擱下這麼一句話，柏揚便取消擴音，轉接到公關部。

與此同時，傅明予放在桌上的手機又響了。

柏揚看了一眼，說道：「傅總，李小姐的電話。」

話音一落，傅明予看向阮思嫻，果不其然見她已經到了發飆的臨界狀態，唇角抿得死死的，整個人就像一隻刺蝟，隨時準備著撲上來戳死他。

傅明予直直地看著她，開口吩咐道：「靜音。」

柏揚點頭，把他的手機按到靜音，然後退出辦公室。

辦公室裡只剩傅明予跟阮思嫻兩人。

他三兩步走過來，解開領口的釦子鬆了鬆，和阮思嫻面對面站著，開口道：「她是我高中同學，昨天在酒會上遇到的，她爸爸是我高中班導，去年腦溢血住院，到現在身體還沒好，所以我去探望了下。」

聽他不疾不徐地說完，阮思嫻眨了眨眼睛，處於信與不信的平衡狀態，半晌，「哦？」

「嗯？」傅明予問，「不相信？」

阮思嫻眼角吊著，跟他保持著半公尺的安全距離，感覺自己好像抓住了他話裡的漏洞，腦子裡的平衡狀態瞬間被打破，「看老人家要看一個晚上？」

傅明予：「我今天早上九點的航班回來，原本沒有時間去看一眼，但老人家起得早，清晨六七點鐘是最清醒的時候，所以我晚上和北非營業部開完會後沒有睡覺，直接去她爸爸家裡，聊了幾句就去了機場，如果妳不信，我可以讓柏揚給妳看昨晚通宵的會議記錄，今天早上六點結束的。」

這個說法，姑且過得去吧。

阮思嫻眼裡的火苗慢慢小了下來，舌尖抵著腮幫，不知道該說什麼。

傅明予：「還是不信？」

他按了下電話，很快，柏揚拿著 iPad 進來，上面是昨晚的會議記錄。

放下後，他便走了出去。

阮思嫻只看了一眼，也沒仔細瞧上面是什麼東西。

既然都這樣了，她也知道這是個誤會。

只是不知道怎麼找臺階下。

見她沉默不語，傅明予俯身，低聲道：「難道妳覺得我六點才開完會，七點半從那裡出來，就這麼點時間？」

果然是能夠和愛因斯坦交流的人，怎麼這麼會抽絲剝繭抓邏輯漏洞呢？

阮思嫻不動聲色地退了一步，扯出一個自認為看起來勢均力敵的冷笑：「誰知道呢，說不定這麼點時間還包括了你潔癖洗兩次澡呢。」

「那妳試試？」

「……」

傅明予一本正經地說這話，卻有讓人臉紅心跳的作用。

那也不能怎麼樣，畢竟人家現在的身分有說這些話的底氣。

可惜阮思嫻是個嘴炮重拳出擊，行動剛上國中的人，假裝沒聽懂他說的話，若無其事地理了理頭髮，說道：「你繼續忙，我不打擾你了，回去洗個碗。」

阮思嫻轉身欲走，卻在那一瞬間看見傅明予笑了。

還笑呢？

阮思嫻感覺他是在笑自己剛才的頹勢，於是伸手掐住他的下巴，「笑什麼笑？」

指腹觸碰到肌膚，阮思嫻才感覺到一絲不對勁。

有一點粗糙。

看樣子確實是忙了一個晚上，連鬍子都沒來得及清理，已經有了淺淺的鬍渣。

再仔細看傅明予，他嘴角那點笑其實說不上開心，甚至還有點不爽。

他抬手抓住阮思嫻的手指，輕輕拉開，說道：「這麼小件事妳就這副樣子，妳是太緊張我還是太不相信我？」

阮思嫻被他說得有些心虛，不知道該怎麼回答，到處看了兩眼，發現什麼東西，於是抽回自己的手，蹬蹬蹬地走到辦公桌前，抓起那條領帶。

「傅總，注意一下形象，別衣冠不整的。」

傅明予站著沒動，等她把領帶遞過來也沒接。

抬了抬眼，阮思嫻明白了他的意思。

行吧。

她抬手把領帶往傅明予領口套，弄了半天也弄不好，頭頂又是他的氣息，越發靜不下心來，於是乾脆隨便扯兩下算了。

「行了，自己弄吧。」

傅明予慢條斯理地重新整理領帶，低頭看了下被阮思嫻來時捏得皺巴巴的領尾，索性摘下來扔到一旁。

「妳怎麼還在生氣？」

「你自己搞花邊新聞出來我還不能生個氣？」阮思嫻抱著臂看他，「回頭我跟誰傳個緋聞你試試看你舒不舒服。」

傅明予沒說話了，另一邊的手機螢幕又亮了起來，他看了一眼，發現阮思嫻也伸著脖子看了一眼。

還是李之槐打來的。

「你接唄。」阮思嫻說，「反正我理解歸理解，氣還是要生的。」

自己男朋友莫名其妙被全網瘋傳成了另一個女人的男朋友，換誰能舒服啊。

傅明予接了電話，開了擴音，那頭傳來一句低柔的，『明予。』

腦子裡突然警報作響，他抬頭看阮思嫻一眼，面前的人看起來似乎很冷靜，但眼裡的小火苗又因為那句『明予』有了死灰復燃的趨勢。

「嗯，李小姐。」傅明予說，「有事？」

阮思嫻默不作聲地撇開頭，坐到一旁沙發上，把玩著手裡的領帶。

『我的經紀人應該打過電話給你了吧？』

「嗯。」

『實在是不好意思啊，我確實沒想到會被拍，是我考慮不周，只想著我爸爸早上比較清醒，卻沒想到這個時間點容易讓人誤會。我們這邊已經在處理了，應該影響到了你，我真的過意不去。』

傅明予再次看阮思嫻，眸光漸暗。

「沒什麼，無心之失而已。」

『雖然這麼說，但我還是覺得很抱歉。』李之槐道，『過兩天我來江城的時候親自請你吃個飯給你賠禮道歉吧。』

偌大的會議室裡「啪」幾聲。

阮思嫻一手捏著領帶，有一下沒一下地拍著另一隻手的掌心，慢悠悠地走到他的桌前。

「不用了。」傅明予平靜地說。

李之槐又開口道：『那昨天晚上跟你說的那件事？』

「妳聯絡品宣部就行。」傅明予說，「已經跟時光影業恰接過，我只聽最後的報告，細節我不過問。」

阮思嫻聽到「影業」兩個字，問：「什麼呀？」

她的聲音不大不小，但正好傳到電話那頭。

李之槐問：『你現在在忙嗎？』

傅明予：「女朋友在旁邊。」

『哦哦，那你忙。』

李之槐匆匆掛了電話。

傅明予站起身，扯住她手裡的領帶，把她拽到自己懷裡，倚著辦公桌站著。

阮思嫻掙扎了兩下，卻聽他說：「我很累，別動，就抱一下。」

她慢慢安靜下來不動了，被他箍在胸前，眼神落在辦公桌的手機上。

「什麼影業，你們要拍電影？」

「嗯，一個航空題材的電影，她是女主角，投資方找到我們，希望能合作。」

「哦。」

「這種捕風捉影的事情妳不必放在心上。」

阮思嫻愣了下，一秒坐直：「新聞都爆出來了傅總，難道我要等到你跟別人上床了才後知後覺自己戴了綠帽子？」

傅明予笑，「跟別人上床？」

他低了抵頭，手指擦過阮思嫻下頷，「我想睡誰妳不知道嗎？」

「……」

「睡睡睡，張口閉口就是睡，這麼喜歡睡不如入土長眠吧。」

「嘩啦」一聲從傅明予辦公室裡傳出來，長居辦公室的人能聽出是大量文件落地的聲音。

幾個助理坐在外間面面相覷，一時間不知道該做什麼。

然而想像中的爭吵聲卻沒有傳出來，就在大家以為風平浪靜時，又傳來一聲玻璃菸灰缸被砸碎的聲音。

清脆，震耳，在那之後沒有其他動靜。

幾個助理皺了皺眉，心都要跳出來了，不知道該不該敲門進去幫忙收拾。

不進去吧，有些失職。進去了，要是撞見老闆跟女朋友大打出手的模樣，可能更失職。

就在她們互相遞眼神希望對方能大義凜然去赴死時，大門上的LED螢幕亮了一下，顯示「解鎖」，隨即阮思嫻從傅明予辦公室裡走了出來。

十二隻眼睛齊刷刷地看過去。

阮思嫻神情不太正常，下巴埋在圍巾裡，只看到上半張臉紅彤彤的，腳步邁得飛快，恨不得飛快離開這裡似的。

隨後，桌前的鈴響了一下，是傅明予叫人進去。

幾個助理你推我我推你，一個說上次我幫妳加班了，一個說昨天我幫妳打飯了……幾個人頭腦都非常靈活，在三秒內就結束這場爭執，推出一個冤大頭走了進去。

然而裡面的氣氛好像跟她們想像的不太一樣。

直到坐進車上，阮思嫻那股尷尬又緊張的感覺還沒消散。

剛剛她一時激情打了個嘴炮，傅明予也不知道是被氣到了還是耐心用完了，和上午採取了一樣的對應嘴炮措施，一把抱起她坐到辦公桌上用力吻了過來。

一開始她想到這裡是辦公室，還在掙扎，但不小心掃落一桌子的文件後，她繳械投降，慢慢地軟了下來。

可是有的人就喜歡得寸進尺。

當她腦子發熱，呼吸節奏完全被打亂時，突然感覺腰間一涼，灌進一陣風，隨即他的手貼了上來，還有向上的趨勢。

他的掌心太燙，刺激得阮思嫻整個人僵了一下，撐在桌邊的雙手忽然一軟，不小心碰到旁邊本來就處於桌面邊緣的菸灰缸。

「砰」一下，菸灰缸落地的同時，阮思嫻神經一緊，張嘴就咬了他一下。

動作在這一瞬間停止。

傅明予「嘶」了一聲，鬆開了她，同時手指按著嘴唇，擰眉看著她。

眼神就……有點受傷。

阮思嫻其實也被那響動驚了一下，愣愣地看著傅明予，嘴裡還有一點點血的味道。

不……你聽我解釋……

「抱歉。」傅明予退了一步，幫她整理好衣服，低聲說，「先回去休息吧。」

那聲「抱歉」讓阮思嫻感覺自己此時在傅明予眼裡是個被人碰一下就要砸玻璃咬對方嘴巴以死相逼保清白的貞潔烈女形象。

那倒也不至於。

但又沒辦法解釋。

總不能敞開雙手說：「來吧繼續吧。」

算了。

她攏了攏圍巾，站了起來，無比尷尬地走出去。

上車後不久，阮思嫻的手機頻頻有訊息。

先是卞璿和司小珍小心翼翼地關心她，還有幾個董嫻的未接電話，最後還收到一則鄭幼安的好友添加申請。

通過申請後，鄭幼安立刻嘲笑三連。

鄭幼安：『妳看，現在吃虧了吧。』

鄭幼安：『都跟妳說了這個男人不行，妳非要撲進去。』

鄭幼安：『現在是不是特別後悔？』

然而阮思嫻還沒來得及回覆，她又撤回了這幾則訊息。

當做什麼都沒發生一般傳來另一則訊息。

鄭幼安：『上次幫妳拍的照片還有幾張沒用上的，我等一下傳給你吧（可愛）。』

阮思嫻：「……」

常年奔赴在八卦第一線的司小珍及時前來解疑答惑，傳了一張李之槐的社群發文截圖給她。

『是我高中同學，抽空來這邊出差，順便看看我爸爸。我們十幾年的朋友了，大家別多想。』

阮思嫻看了這篇發文後，發語音跟她們說了下今天的事。

司小珍：『那這則發文，妳作何感想？』

卞璿：『同問。』

阮思嫻：『？』

司小珍：『不是，什麼叫抽空來出差，為什麼不說她爸爸是班導師？』

卞璿：『高中同學就高中同學，為什麼強調十幾年的朋友？』

本來阮思嫻不覺得有什麼，但是經她們一說，還真的感覺有點微妙。

她打開社群，找到這一篇文，翻了翻留言。

除了媒體行銷帳號分享外，還有些大粉絲幫忙分想，語言非常理智，但有些粉絲開始亂起鬨。

第一則最多讚數的熱門留言——『看到這個澄清，我竟然有些失望……』

大家回覆：

『我也是，本來看到新聞還挺興奮。』

『姐姐也該談戀愛了吧，這個高中同學這麼帥，不虧不虧。』

『不是有人扒出來是世航董事長的小兒子，現任總監嗎？很配呀！』

『姐姐衝鴨！想看霸道總裁和美豔女明星的劇情！』

再往下，留言也大致如此。

無非是有人扒出傅明予的身分後，知道其身家，又從不見他有過什麼花邊新聞，再加上世航官網上掛的清晰照片十分養眼，所以粉絲們紛紛表示支持這門婚事。

不過李之槐的話已經澄清了對方身分和烏龍的來龍去脈，非要去做閱讀理解就沒必要了，粉絲要怎麼胡思亂想也不是人為可以控制的。

更重要的是——

阮思嫻：『他都跟我說清楚了，事情確實就是這樣，我相信他。』

這邊回完訊息，董嫻又打電話過來了。

阮思嫻心裡大概知道她要說什麼，於是接了起來。

『阮阮，傅明予怎麼回事？』

阮思嫻：「誤會，已經澄清了。」

董嫻：『嗯？』

阮思嫻：「高中同學而已，她爸爸是他的班導，身體不好，早上去看了一眼，就是這樣。」

董嫻沉默片刻，又說：『真的是這樣？』

「不然呢？」阮思嫻說，「妳不相信嗎？」

『不是我不相信，而是他這個人……』

「他怎麼？」

『其實他出了這種事情我不意外，之前我就聽說過，他並沒有傳聞中那麼潔身自好。』

「我沒聽說過。」阮思嫻覺得好笑，「這種話妳還是別跟我說了，我自己男朋友我自己有數。」

董嫻嘆了口氣，『隨妳，我只跟妳說一點，隨時保持清醒。』

「哦。」

另一邊，傅明予的手機也沒閒下來。

他的朋友裡沒什麼閒人，這時緋聞出來了又澄清了都沒幾個人看到，唯有宴安，剛看到緋聞，還沒來得及看澄清就跑來嘲諷。

宴安：『厲害啊你這波操作，你是想跟我肩並肩一起搞壞航空業名聲嗎？』

宴安：『你是想氣死鄔茵還是氣死阮思嫻？』

宴安：『認識二十幾年了，我不得不說你幾句，出軌就算了，明知道鄔茵以前喜歡你，你還搞她閨密，你良心過得去嗎？』

宴安：『我也真的替阮思嫻可惜，這麼好的女孩怎麼被你辜負了，她沒哭吧？』

傅明予本來不打算理他，但是看到他這麼關心自己女朋友，便隨便回回他。

傅明予：『沒哭，咬了我一口，嘴巴現在還流著血，你要看看嗎？』

幾分鐘後。

宴安：『智障。』

辦公室裡的玻璃碎片已經清掃乾淨，散落的文件也全都歸整完畢，而柏揚匆匆走進來，眉頭緊緊蹙著。

辦公桌後，傅明予的電腦開著，人卻站在窗前接電話。

柏揚進來後，似乎是有話要說的樣子，傅明予回頭看了他一眼，做了個手勢讓他稍等。

幾分鐘後，掛了電話，他轉身坐回桌前，一邊翻著手機，一邊對柏揚說：「那架超級星試飛結束了嗎？」

「結束了，沒有問題。」柏揚說，「是由賀蘭先生親自試飛的。」

因為自身行業關係，昨天訂購了那架鑽石 DA50 超級星，今天便已經運送過來，停靠在西郊的南奧通用機場，並且已經第一時間完成試飛。

「嗯。」傅明予放下手機，看了眼時間，又問，「機場那邊呢？」

柏揚：「南奧通用機場那邊已經把明天上午十點到下午六點的北向跑道以及指定範圍內的航線空域空出來了，期間不會有其他商用通用飛機占用航線，但是南奧老闆說他有朋友急著考私照，所以明天會占用兩個小時左右，但是因為是新手，不會起飛，只在地面操作。」

「好。」

南奧通用機場是商業機場，雖然傅明予出錢包場，但排期確實挺困難，南奧的老闆是他朋友，所以費了不少心思幫忙，他自然不會在這種小事上糾結。

傅明予打開電腦，繼續看著剛剛沒看完的內容。

柏揚說完，又道：「但是剛剛李小姐那邊……」

傅明予看著電腦，沒抬眼，漫不經心地問：「她又怎麼了？」

柏揚十分無奈地拿出他的工作 iPad，也是沒想過今天要頻頻翻看社群。

「剛剛她根據公關部的要求發了文。」

今天公關部和李之槐對接，提出的要求很直接，第一，澄清兩人只是高中同學關係。第二，澄清早上做了什麼。

這事公關部一直根據傅明予個人新聞的處理要求來辦的。長久以來，他除開必要的商業活動，基本上不出現在公眾視野。特別是北航那邊的宴安頻頻因為個人私事登上新聞，被家裡或輕或重地教訓過不少次，傅明予便越發神隱，在網路上的存在感低到幾乎為零。

所以他是不可能為了李之槐專門出面的。

「這個要求很簡單，她說只是一句話的事情，就直接發了，但是剛剛公關部看到，覺得很不滿意。」柏揚想了想，補充道，「因為內容已經發出來了，卻比剛才的新聞熱度更高，如果這時候讓她改口，反而可能有欲蓋彌彰的意思，所以想先問問您的意見，要不要再次干涉。」

傅明予抬了抬眼：「欲蓋彌彰？」

常年看慣了各種飛行資料的柏揚並不知道怎麼用語言總結這些亂七八糟的東西。

「給我看。」

柏揚依言遞上 iPad，傅明予瞄了一眼，看到上面簡短的一段話，眼神沒什麼變化，食指卻輕輕地敲了下桌面。

「這就是她的回應？」

乍看，確實是按照他的要求做的。

傅明予冷笑了下，憑藉對高中班導的尊敬，他以為李之槐也能遺傳到自己爸爸的處事風格，沒想到還挺拎不清。

再往下看相關內容，螢幕上五花八門的東西看起來還挺熱鬧。

傅明予大致瀏覽了一下，什麼「明澄清實公開」，什麼「發暗糖」，什麼「原來傳聞妳要參演航空題材的電影是有原因的呀」，各種言論的熱度已經帶偏了這個澄清的原意。

傅明予丟開 iPad，抬頭道：「這件事現在什麼討論度？」

柏揚：「熱搜排名不降反升。」

那就是很多人都知道了。

傅明予看了私人手機一眼，確實一直源源不斷進來新訊息。

那阮思嫻肯定也看到了。

他站起身，摘下了手臂上的袖箍，丟到桌上，拿著手機走到窗邊，同時丟下一句話。

「立刻處理好。」

柏揚立刻轉身出去。

但門還沒關上，傅明予又叫住他，「問問司機，她回哪裡了？」

柏揚自然知道他嘴裡的「她」指的是誰，去問司機的同時，傅明予再次去看手機，播出的那通電話一直重複著機械的女聲。

『對不起，您撥打的用戶暫時無法接通……』

他懷疑阮思嫻把他拉黑了。

揉了揉眉骨，轉身拿了另一個手機打出去，還是無法接通。

今天下午是這個冬日難得的豔陽天，光線照亮了走廊，比平時通透。

傅明予按了三次門鈴，裡面沒有任何回應，轉而敲門，依然沒有腳步聲傳來。

他深吸一口氣，再次打電話給阮思嫻，依然是無法接通狀態。

電話打不通，不開門，甚至可能司機送到後她根本沒進來。

傅明予在門口站了幾分鐘，眼神變得越來越沉重。

半個小時後，他出現在卞璿的酒吧門口。

不到三點半，酒吧門緊閉，外面一個人影都沒有，只有幾隻野貓在跳躥。

傅明予擰眉環顧四周，眼裡的躁鬱呼之欲出。

電話打不通，人找不到，傅明予現在更擔心阮思嫻有什麼事。

他捏著手機，在日頭下站了一下，上車重新回到名臣公寓，找了物業調出今天下午的走廊監視器記錄。

監視顯示一點半的時候阮思嫻就回到家裡，之後她沒有再出現在監視裡，也就是說她一直在家裡。

傅明予回到她的家門口，按了幾次門鈴，依然沒有人來開門。

他又連續打電話過去，還是沒有結果。

偏偏她這兩天是調整飛行時間，不用待命，所以完全有理由停掉通訊工具。

傅明予沉沉看著這道門，握拳用力敲了幾下，說道：「阮思嫻，事情我會跟妳說清楚，但是妳先開門。」

又敲了幾下，沒人應。

傅明予幾乎是用力砸門，但還是無果，於是他拿出手機，翻到阮思嫻的帳號。

傅明予：『開門。』

訊息成功傳送出去了，說明沒被拉黑。

他長呼一口氣，靠著牆，打了一句話。

『妳想怎麼發脾氣都可以，但先開門，聽我把事情說清楚。』

傳出去後幾分鐘，沒有回應，抬頭也沒顯示「對方正在輸入」。

傅明予盯著手機看了一陣子，慢慢低下頭，這二十八年來第一次感受到什麼叫無措。

窗外的日光從明亮到昏黃，再到夜幕降臨，萬家燈火不知什麼時候已經點亮了夜空。

阮思嫻看了一整個下午的書，眼睛又乾又澀，滴了眼藥水後穿上外套準備下樓吃點東西。

然而打開門的那一瞬間，卻看見傅明予站在她門口。

他沒穿外套，身上還是在辦公室那套西裝，在這天氣裡有些單薄。

阮思嫻愣了一下，「你幹什麼？」

當看見阮思嫻那一瞬間，傅明予微微鬆了口氣。

下一秒，卻發現她眼睛泛紅，眼角還有未乾的水漬。

「妳哭了？」

「誰哭了？」阮思嫻很莫名，甚至臉上有點笑意，「你不會是以為我躲起來偷偷哭了吧？」

「妳今天下午在做什麼？」

「我看書啊。」阮思嫻撐著門，「每年那麼多考試我不需要時間準備嗎？」

傅明予扭頭看著窗外，眉間擰成一個「川」字，長長地舒了一口氣。

「李之槐的內容，妳看到了嗎？」

「我回來的路上看了啊。」阮思嫻靠在門上，上下打量傅明予，「你這個女同學有點意思啊，大家都是第一次做人，她怎麼就這麼多做法呢？」

「之後的妳沒看？」

「還看什麼？」

阮思嫻回來後，心裡確實還有些煩，於是帶著降噪耳機，手機開了飛航模式，看了一整個下午的書。

一個高中同學而已，連前女友都不是，懶得跟她計較，有那時間還不如多練習題目。找事的人不是年年有，職業考試卻是一年好幾次。

而且看書看著看著，就心平氣和了。

傅明予微微彎了下腰，語氣裡有著自己沒有察覺的小心翼翼，「不生氣了嗎？」

整整一個下午，他站在她的家門口，等著她開門。

見不到她的人，神經就一直繃著，在等審判一般。

公關部的辦事效率他很清楚，在他出來的時候就已經解決好了，期間李之槐也打了幾次電話給他，沒接，但看得出來她挺著急。

沒想到，她根本沒看，而是專心地準備考試。

阮思嫻翻了個小小的白眼：「我是打氣筒嗎我天天那麼多氣生，她是誰啊值得我生氣嗎？」

「嗯？」見她露出這種表情，傅明予鬆了口氣，伸手捏了捏她的臉，「是誰今天殺氣騰騰地衝過來找我？」

阮思嫻拍開他的手，瞪眼看著他，「我懶得生她的氣，但事情是你惹出來的，我生你的氣。」

「那妳要我怎麼做才消氣？」傅明予問，「要飛機嗎？」

阮思嫻想了想，鄭重地點頭，「等一下我上樓去選。」

「那裡的不用選，都是妳的。」傅明予說，「今天早點睡，明天早上跟我出去？」

聽到一屋子的飛機模型都是她的，她的雙眼不自覺地亮了亮。

這波不虧啊。

而且——看來這男人不只那一屋子模型，其他地方肯定還藏了更多。

阮思嫻有一點興奮，抿著嘴點點頭，「行吧，看看夠不夠精緻吧。」

與此同時，李之槐打了第七通電話給傅明予，對方依然沒有接。

她打開社群，看到自己社群的留言雖然一直被粉絲壓著，但是從最新留言裡還是能看見各種嘲諷的內容。

起源都是因為三個小時前世航官博分享了她的貼文。

『詳細解釋一下：第一，去探望李小姐的父親是因為他是我司運行總監傅先生的高中班導師。尊敬老師，人人有責。

第二，傅先生與李小姐自高中畢業後的十年各自非常忙碌，總共見過三次面，共計兩個小時零五分鐘，其中兩個小時是昨晚的酒會偶遇與今早的探病。同窗是緣分，畢業即是緣盡，再相逢靠運氣，願大家珍惜身邊的同學們。

第三，請大家不要亂傳了，我們傅總哄女朋友去了。

第四，登錄世航官網可註冊會員，冬季全新航線開放，享受您的專屬飛行管家服務，最美的航線盡在世航。』

前兩項精準地反駁了她言論裡的似是而非，一點面子也不留，每項結尾還明目張膽諷刺她。而最後一條直接打了個廣告，絲毫不在乎她的感受。

李之槐有氣沒處發，轉身把手機往負責宣傳的年輕男人身上砸去。

「看看你幹的好事！」

這個負責宣傳的男人是前不久才上任的，不是專業出身，但有些小聰明，平時操縱小輿論挺在手。

只是這次小聰明耍翻車了，他連話都不敢說一句，只能任打任罵。

「我告訴你，這次女機師的這個角色我做了多少努力你不是不知道，我連私人證照都在考了，這次要是搞砸了，你立刻給我滾！我管你是誰的姪子！」

第二天清晨。

「你要帶我去挖煤嗎？」

看著車子往越來越偏僻的地方看去，又看了看自己身上的衣服，阮思嫻忍不住問。

她今天早上醒得早，還精心化了個妝，搭配了一身修身毛衣裙，看起來性感又優雅。

結果傅明予一過來就讓她換衣服，看都不看她的精心打扮一眼！

於是她去換了另一件裙子，傅明予不滿意，直接從她衣櫃裡找了這麼一件黑不溜秋的夾克和褲子給她。

傅明予開車的間隙轉頭看她一眼，「挺好看的。」

阮思嫻拎起領子扯了兩下，想不通這到底好看在哪裡。

她轉頭看著窗外，有些鬱悶。

本來以為可以打扮得美美的出來約個會，結果硬是被強行打扮成一個挖煤的。

一個小時後，阮思嫻抬頭，看見傅明予把車開進南奧通用機場。

她眨了眨眼睛，心裡似乎有些明白了，但又不是很確定。

「你帶我來這裡幹什麼？」

傅明予把車倒進停車庫的同時笑著看她，「不是喜歡 solo 嗎？今天整個空域都是妳的。」

「整個空域都是妳的」對阮思嫻來說，比「整個鑽石山都是妳的」更有致命的誘惑力。

她從下車，到走進機場內部，手心都在輕微發熱。

當她看到整個跑道真的空無一人時，立刻朝著停機坪那一排塞斯納跑去。

傅明予卻拉住她，「等一下，別著急。」

他帶著她往另一側的停機坪走去。

三號位上，停著那架鑽石 DA50 超級星。

全新的通用飛機，連一點灰塵都沒有，停靠在這裡十分顯眼。

李之槐剛到的時候就被這架飛機吸引住了。

她繞著飛機走了一圈，看清了駕駛艙裡面的設施，吸了口氣。

「好漂亮啊。」

南奧的老闆陪著她，在一旁笑著說：「這個機型還不適合新手，等妳熟悉了，以後有機會可以考慮租一架。。」

說完又看了看錶，「妳今天來得早，教練還沒到，再等一下吧。」

李之槐的注意力全在這架飛機上，隨意地點了點頭，又問：「等一下教練來了可以帶我坐下一下吧？」

「這個不行。」南奧老闆說，「這是我朋友買來送人的，跟我沒關係，不過妳要是想試坐，倒是可以徵求一下他的同意。」

李之槐眨了眨眼睛，「誰啊？可以嗎？」

話音剛落，身後響起一道聲音。

「我的。」

李之槐回頭，見傅明予正朝著她走來。

而他還牽著一個女人。

女人個子很高，穿著一身與傅明予同款的機師夾克，卻難掩身形修長婀娜。

機場風大，女人的齊肩黑髮被吹亂，拂在臉上，當她伸手順著頭頂薅了一下頭髮，整張臉露出來時，李之槐恍了片刻的神。

這就是他的女朋友嗎？

她愣神的片刻，傅明予已經站在她面前。

「我送給女朋友的，恐怕不能給別人試坐。」

阮思嫻本來還在對著那架飛機默默流口水，突然聽到傅明予這麼說，以為自己聽錯了。

她轉頭去看傅明予，這才注意到旁邊另一個女人。

第二次茫然。

李、李什麼樹？

阮思嫻第一次在現實中見到這個人，偏著頭打量了兩眼。

李之槐沒從她眼裡看出什麼情緒。

生氣、敵意……甚至連漠視都沒有。

她不知道這個女人是完全不知道昨天的事，還是完全不把她放在眼裡。

不管是哪一種，都挺讓她不舒服。

而傅明予見阮思嫻在看李之槐，便捏了捏她的手心，「不去試試？」

阮思嫻沒心思管什麼李樹桃樹的，收回目光，丟開傅明予的手就朝飛機走過去。

傅明予看著她的背影，耳邊響起李之槐的聲音。

「明予，昨天……」

「不用叫這麼親近。」傅明予雖然在跟她說話，但目光一直在前方的阮思嫻身上，「如果不是李老師的原因，這些年過去我可能連妳的名字都記不住，妳可以叫我全名，或者傅總也行。」

若不是此刻的風停了一下，李之槐幾乎不敢相信昨天早上還在她父親面前和顏悅色的人現在會說出這種話。

「昨天的事情是我的宣傳工作人員做的，也沒有那麼多想法，只是……」

「我不管是什麼想法，但妳挑釁到我女朋友了。」他上前一步，與李之槐錯開並肩的位置，「她大度，不跟妳計較，可我沒她大度。」

說完，他邁步朝飛機走去。

阮思嫻已經打開了駕駛艙的門，但是沒上去，還在看外觀。

李之槐看著兩人的身影，深吸了口氣，卻很難順暢地吐出來。

她承認昨天宣傳寫文案的時候她沒有阻止，也就是默認的意思。

但她只是想平一平很多年前的不忿。

一點點，一點點小心思而已。

她也沒想到會被人扭曲成那樣。

如今她是女主角，走到哪裡都是視線的焦點，習慣了受到追捧。

她沒想真的怎麼樣，但確實也沒把傅明予嘴裡那個「女朋友」放在眼裡。

此時抬眼望去，那個女人滿臉驚喜的樣子，李之槐想到了很多年前。

高三畢業的時候，聽說傅明予去考了飛行私人證照，她曾暗暗想像過，能夠坐到傅明予的駕駛的飛機上，掠過江城的山川河海，俯瞰這座熟悉的城市。

而今天她看到另一個女人即將坐到她曾經憧憬的那個位子。

像是一股執念牽引著她，不肯移開眼睛，想看那個女人坐到駕駛座旁邊的神情到底是什麼樣的。

幾分鐘後，她眨了眨眼睛，看著那個女人登上了——駕駛座？

她以為自己看錯了，又走近了兩步，見到傅明予從另一側登上去。

再幾分鐘後，她眼睜睜看著這架飛機衝向跑道，在盡頭起飛。

第二十章　五百英呎

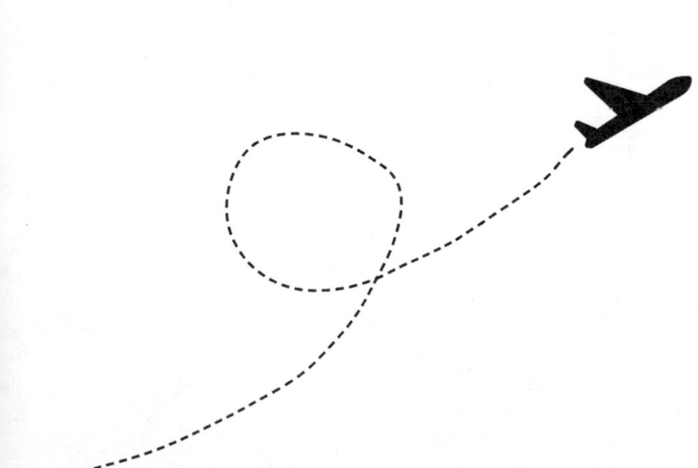

阮思嫻從來不知道她生活了十多年的江城這麼美。

超級星在五百英呎高空呼嘯而過，逆著晨風追逐流水的方向，白雲作伴，霞光鋪路，越過萬條寒玉，視野驟然開闊，可見山輝川媚，沃野千里。

阮思嫻一直不是個追求速度的人，她開得不快，飛到澄湖上空的時候，她改前行為盤旋，指著前面說：「我小時候來這裡學游泳，套著游泳圈跳下去，結果游泳圈滑落得比我快，我人還沒進水游泳圈就飄走了，你知道我那天看到什麼嗎？」

傅明予單手撐著頭，想了想，說：「龍王？」

「哈。」

這個冷笑話有一點好笑，又不是很好笑，戛然而止的好笑。

「看見了水裡的螃蟹在爬，還有一串串往上冒的泡泡。」

她說，「我以前一直以為只有畫裡的水下才會有泡泡，原來是真的。」

第一次聽到阮思嫻說起小時候的事情。

傅明予轉頭，她垂著眼睛，目光斜斜朝下，看著江面，平靜地說話。

「然後我還喝了好幾口水。」她突然笑了下，「你知道嗎，澄湖的水是甜的。」

「我知道。」

阮思嫻挑了挑眉，「你小時候也來這裡游泳？」

她還以為他這種家庭長大的人不會來這種地方野。

「不是。」傅明予想到了什麼，笑了笑，手往後指，「妳沒見過澄湖的盡頭？」

阮思嫻搖頭。

澄湖是一種特殊的吞吐湖，不是死水湖，它湖形狹長，湖寬比河流大一些，流速也比普通的活水湖大。

以前她頂多只是到上游去看看，再往前走就沒什麼路了，也沒有其他的交通方式，所以她沒去看過。

傅明予朝後面指，「掉頭，逆流上去，澄湖的盡頭很美。」

阮思嫻扭頭看了一眼，澄湖一望無垠，在視線前方漸漸隱藏在山壑之中，看起來好像真的有什麼值得探尋的地方。

「坐好了傅總。」阮思嫻打了個手勢，「阮機長竭誠為您服務。」

話音一落，傅明予就因為慣性晃了一下。

他及時伸手抓緊扶手，轉頭看到阮思嫻笑瞇了眼睛，睫毛根根分明，霞光在她臉上流淌，有著和此時的飛行速度截然相反的靜謐感覺。

他看了很久，莫名的不想移開眼睛，彷彿永遠看不夠一樣。

阮思嫻足足開了二十多分鐘才越過那一片山丘，期間她還提了速度。

她以前不知道，原來澄湖的盡頭藏得這麼深，於蒼松翠柏處飛流直下，像銀河倒掛，滄海傾盆。

飛機在高出盤旋，而飛濺的水滴好像能沖到她面前似的。

阮思嫻有些感慨。

果然某些風景還是只有有錢人才看得到啊。

「你以前還跑來這種地方玩嗎？感覺路都沒有，更沒有什麼人。」阮思嫻問。

「大學暑假的時候來的。」傅明予說，「那個年紀喜歡找刺激。」

阮思嫻太陽穴突然跳了一下，轉頭去看他。

見他半瞇著眼睛，一副很懷念的模樣，「永生難忘的經歷。」

「……」

憑藉女人的第六感，阮思嫻覺得他可能確實是想起什麼永生難忘的經歷了。

這鳥不拉屎的地方，確實是挺刺激的呢。

「哦，看來你記得很清楚嘛。」

傅明予慢悠悠地轉頭，盯著阮思嫻的側臉，突然笑了下。

「是很清楚，那天的天氣，穿的衣服，渾身的感覺，我到現在都還能回憶起來，我們從傍晚坐到深夜……」

從傍晚做到深夜？你他媽這麼厲害的嗎？？怎麼你還想跟我詳細描述你的雄風？？？

「閉嘴。」阮思嫻突然下降高度，「如果你還想找刺激我現在可以滿足你。」

「嗯？」傅明予噙著笑，「怎麼刺激？」

阮思嫻手放在開門鍵上，冷冷地看著他，「現在讓你回到夢開始的地方尋找一下刺激的感覺？」

「從傍晚到深夜嗎？」

「傅明予你別忘了你是個人。」

「不是妳要滿足我嗎？」

阮思嫻深吸一口氣，不想再說話。

傅明予見狀，仰了仰頭，笑出了聲來。

平時嘴炮打得那麼厲害，還真是不經逗，以為別人看不出來她連耳根子都紅了。

阮思嫻第一次見他笑得這麼不矜持，就算再遲鈍也反應過來剛剛被耍了。

並且很有可能是她自己理解錯了。

但是剛剛傅明予那表情明明白白就是故意把話題往那裡引導，生怕她體會不到他在耍流氓似的。

阮思嫻發現傅明予這個人越來越不正經，已經開始漸漸脫離身分的束縛，在展露男人本性的道路上一去不復返。

飛機突然下墜，朝前衝去，又猛地上升，向後倒退。

反正空域裡沒有其他東西，阮思嫻覺得自己要任性一下，表達一下憤怒。

「真的生氣了？」傅明予完全沒有被著突然的炫技嚇到，氣定神閒地伸手挑了挑她臉邊的頭髮，「妳還要在這刺激的地方逛多久？」

「……」

阮思嫻二話不說就返航。

已經快中午了，也該著陸了。

但是她還是好奇，傅明予當初在這裡到底幹了什麼能讓他永生難忘。

想了想，她問：「這荒山野嶺的，你當年是在這裡愛上女野人了無法自拔嗎？」

傅明予也不是很懂她的腦迴路。

「妳是在諷刺我還是諷刺妳自己？」

阮思嫻剛要開口想嗆回去，突然覺得不對。

他是什麼意思？

她琢磨了一下，他好像又間接表了個白？

最後阮思嫻也沒問他到底是愛上女野人了還是跟人在這裡從傍晚野戰到深夜，著陸的時候，傅明予自己說了，大學的時候跟幾個朋友坐直升機來這裡玩，結果跟開直升機的人走散，山裡沒訊號，幾個人亂晃，最後全栽進瀑布裡了，渾身濕透，在那坐了半天才把衣服曬乾，然後又自立根生鑽木取火過了一個晚上才被人找到。

傅明予說算是他這輩子做得最出格的事情，阮思嫻不知道這有什麼好懷念的。

可能男人的快樂就是這麼簡單吧。

可是過了一陣子後想了想，那是少年時期的傅明予，她沒機會見到。

看不到他在荒山裡席地而坐的樣子，也看不到他跟朋友栽進瀑布然後遊上岸脫了T恤的樣子，那些完全不一樣的傅明予她沒能認識一下，覺得還挺悵然的。

他們下飛機的時候李之槐已經走了，南奧的老闆請他們吃了個午飯，隨後又回到了停機坪。

已經包場了一整天，阮思嫻不飛完就心疼錢。

可是通用飛機飛起來也挺累的，而她想到傅明予坐在旁邊一副享受的樣子就覺得有點坑。

平時我給你打工開飛機，這時候是你哄我呢結果還是我載你。

於是上飛機前，阮思嫻跟他招招手：「來。」

傅明予在另一側聽見，看了她一眼，沒過去，就站在那邊，手撐在機身上，「怎麼？」

「你看我當司機也挺累的。」阮思嫻說，「要不然這樣，回頭你幫我結一下薪水？」

傅明予偏了偏頭，遠遠地看著她，「妳是不是忘了這架飛機是送給妳的？當自己是個司機呢？」

阮思嫻愣住。

她其實以為剛剛傅明予只是在李之槐面前要個帥，畢竟那事其實是一個模型就能解決的，誰敢想他真的送一架飛機啊。

「啊？」

傅明予走過來，幫她理了理被風吹亂的頭髮。

「怎麼了？不喜歡？」

腦子告訴阮思嫻這個時候要矜持一下，但是她看著眼前這個人，嘴巴自動就說：「喜歡。」

「喜歡就好。」

傅明予轉身打開駕駛艙門，一隻腿踏了上去，回頭道：「上來，下午我當妳的司機。」

阮思嫻又愣了一下，她完全不知道傅明予也有駕駛私照。

雖然從情理上來說非常正常，一個航空公司的總監怎麼可能沒有呢，但是她還是覺得很震驚。

她站在原地看著傅明予坐上駕駛艙，繫上安全帶，戴上墨鏡，手肘撐著窗戶，低頭看著地面的她：「不上來嗎？」

阮思嫻覺得他一定是知道自己現在樣子很帥，所以故意勾引她。

那他目的達到了。

坐著男朋友開的飛機在天上漫無目的地遨遊是什麼感覺呢？

阮思嫻腦子裡理不出感想。

他的風格跟阮思嫻不同，他不是看風景，而是追求速度帶來的快感，帶著她穿過絲線一般的白雲，追逐著天邊的亮光，掠過如火的楓林，盤旋在碧水青山之間。

可是什麼湖光山色，什麼浮嵐暖翠，什麼重巒疊嶂，都沒有眼前這個人有吸引力。

沒有心思去欣賞風景，她一次又一次忍不住側頭去看身邊的人，心一直被攥得緊緊的。

飛機一次次爬升高度，阮思嫻感覺自己在以相同的速度沉淪。

他可能知道她在看他，也可能不知道，時不時會笑一下，跟她說兩句話，但更多的專注還是投注在駕駛上。

阮思嫻再一次確定，他在刻意勾引。

可是沒有人能抵抗這種誘惑力。

阮思嫻不動聲色地握拳，試圖阻止心裡那股熱意噴薄而出。

不！阮思嫻妳不是這麼膚淺的人！妳不能這麼因為他帥就淪陷！

妳只是庸俗，被他送的飛機砸暈了而已！

直到下飛機的時候，阮思嫻感覺自己還沒恢復平靜的心態。

跳下去的那一瞬間還趔趄了兩下。

傅明予回頭看她，非常不可思議，「妳暈機？」

我阮思嫻是能上到高空三萬里的女人，怎！麼！可！能！暈！機！

我只是有點暈人而已。

「沒有。」阮思嫻雲淡風輕地揮揮手，「我剛剛不小心而已。」

天色已晚，他們該走了。

南奧的老闆過來跟傅明予說話，兩人是聊得來的朋友，老闆一直問這架超級星的體驗感怎麼樣，如果非常值得的話他也考慮買一架。

機場的風還是很大，在耳邊呼嘯而過，讓傅明予的聲音變得忽近忽遠。

阮思嫻站在他旁邊，腦子裡還回想著剛剛的畫面，腳步就不太聽使喚，慢慢挪到他身後，伸手抱住他的腰。

傅明予有點詫異，但也沒多想，和南奧老闆說話的同時握住他小腹前的那雙纖白的手。

他的手心好像一直都這麼溫暖。

阮思嫻的臉貼著他的背蹭了兩下，踮起腳，抬起下巴擱在他肩膀上，在他耳邊用極低極低的聲音說：「我現在突然想跟你接個吻。」

正在說話的傅明予微微頓了一下，甚至連南奧的老闆都沒感覺到，而後又繼續說下去。

連表情都沒什麼變化。

行吧。

阮思嫻有點失望，感覺自己太沒魅力了。

她慢慢鬆開了手，百無聊賴地用腳尖碾著地面。

十分鐘後，他們終於說完了。

跟南奧的老闆道了別後，傅明予牽著她往停車場走去。

一路上他沒說話，表情淡淡的。

阮思嫻想，可能不是自己沒魅力，是他耳背，什麼都沒聽到。

到停車場後，阮思嫻也沒說話，繞到副駕駛座，拉開車門坐進去。

當她正要關門時，卻感覺到一股很大反作用力扯開門，隨後一個人擠了進來，一隻腿抵在她腿間。

傅明予俯身壓過來，一隻手撐在她腦後的座椅上。

阮思嫻眨了眨眼睛，意識到了什麼，心跳幾乎要蹦出嗓子眼。

他直勾勾地看著她，眸光不似以往那樣幽如深泉，裡面彷彿有火光在跳動。

他另一隻手把她臉邊一縷頭髮別到耳後，「寶貝，張嘴。」

剛剛在飛機上，阮思嫻是真的被他迷住，下了飛機之後，看到那個人站在那裡，由「這個男人是我男朋友」產生了一種發自內心深處的開心。

這種開心的直接體現就是想親密接觸。

但阮思嫻想的是那種電影一樣的唯美畫面，純情點、真摯點，畢竟他們今天幹的事還挺浪漫的。

而現在，她被壓在車裡，連一個繾綣的淺嚐都沒有，直接就是深入的纏綿，伴隨著或深或淺的氣息。

她呼吸困難，雙手無力地撐著坐墊，整個人都有些發熱。

傅明予沒有停下來的意思，反而越來越強勢。

這氣氛也太色氣了點，跟她想像中完全不一樣。

阮思嫻突然想看一看他的表情，睜開眼時，卻倏地對上傅明予的目光。

他撤出來，眼神有些迷離，被狹窄的光線照得很朦朧，低聲說：「妳有點不專心啊。」

阮思嫻也不知道怎麼想的，突然伸手摸了摸他的鼻尖。

「你的鼻子真好看。」

又高又挺，卻不粗獷。

傅明予被她這一下碰得有點受不了，皺了皺眉，順勢抓住她的手，放到自己肩上，又把她另一隻手也放上來。

他像是在勾引似的用鼻尖蹭了蹭她，「不是妳主動索吻嗎？別讓我感覺自己像在強吻女朋友，嗯？」

阮思嫻的雙手慢慢交握，有些臉紅，緊緊閉著眼睛，抱著他的肩，脖子高高仰起，主動親了親他。

而後，迎來更熱切大膽的攻勢，車內氣溫好像在升高，連他的喘息聲聽起來都像饜足的喟嘆。

許久之後，阮思嫻感覺自己腦子都要缺氧了，嗓子裡溢出一聲嗚咽，用最後的清醒意識推開他，低聲道：「天都黑了，回去了，我明天早上有航班。」

傅明予慢慢直起身，抬起手，指節擦了擦下唇，突然低聲笑了下，聲音有點啞，「今天口紅挺甜。」

阮思嫻大口呼吸，臉上還燙著，抬了抬頭，從後視鏡裡看見自己的嘴唇。

她今天本來只是塗了一層淺橘色，現在卻紅豔飽滿，還泛著水光。

傅明予已經走到另一邊上車，繫安全帶的時候，阮思嫻側頭看了他一眼。

她突然覺得，要是有一天傅明予破產了，即便不靠這張臉，就憑藉他磨人的能力都能去鴨店當個紅牌吧，保證下輩子衣食無憂。

「男朋友。」阮思嫻突然伸手捏一下他的臉，「你以後要是沒錢了，我去其他公司上班賺錢養你。」

傅明予斜眼看她，笑得溫柔，「好啊，感激不盡。」

第二天早上，阮思嫻十點的航班，飛長途，中途經轉一次，下午四點才到目的地津興市，根據飛行計畫部的安排，機組會在當地休息一晚，明天早上才返航。

這城市在最南邊，處於亞熱帶氣候，四季如春，即便是十二月也還有二十多度。

所以即便只是停留一個晚上，阮思嫻也帶上一件裙子，準備傍晚去沙灘閒悠一陣。

加了航油回到會議室的時候，乘務組的人已經到了，在那裡坐著聊天，氣氛特別熱鬧。

阮思嫻進去的時候，他們突然安靜下來，看起來有些侷促。

「怎麼了？」阮思嫻感覺到那股奇怪的氣氛，站在門口沒有再往裡面走。

這次乘務組裡有個男空服員，性子粗枝大葉，阮思嫻問什麼，他就答什麼。

「欸，我們在聊李之槐。」

「哦。」阮思嫻拉開椅子坐下，「都幾天了你們怎麼還在聊這個？」

「什麼叫還在聊啊，網路是有記憶的，這事才過去幾天啊，各個論壇都還是她的話題。」

男空服員說起八卦的時候眉飛色舞，一副跟阮思嫻很熟的樣子，雖然他們也只合作過兩次，「妳還有沒有什麼內情啊？」

另外幾個女空服員咳了一聲，全都在示意他閉嘴，但他恍若未聞，眨著眼睛期待著阮思嫻的爆料。

「沒什麼內情啊，我知道的說不定還沒你們多。」

男空服員失望地垂著眼皮。

但事實確實如此，比如他們剛剛正在聊的話題，是關於傳聞李之槐要出演的《雲破日出》，阮思嫻就完全不知情。

這是時光影業今年的重點專案，因為內容涉及到大量航空公司背景，不是光靠搭景就能完成的，而且沒有特殊批准，甚至沒辦法進入機場拍攝，所以他們會跟航空公司合作。

時光影業因而找到了世航，品宣部那邊閒聊的時候透露過，出品方找上門來的時候，用了十分鐘跟傅明予聊了一下具體內容，傅明予挺喜歡，當時便應下了。

這是兩個月前的消息，如果不是李之槐這次的事情，大家根本沒把這個小八卦放在心上。

「現在我看網路上說李之槐是想拉著傅總炒作。」男空服員又繼續說，「不過現在翻車了，我本來還挺喜歡她的，覺得她出演女機長挺適合的，氣質很好，又漂亮。」

說完，幾個人瞪了他一眼，他才反應過來自己當著誰的面說了這些，立刻拍了一下自己的嘴。

「當然，她肯定沒阮副漂亮，就是東施效顰嘛。」

阮思嫻翻動著桌面上的紙張，見機長還沒來，於是說：「隨便聊聊唄，還有其他的八卦嗎？」

昨天的經歷好像有些上頭，她腦子裡還是那一批湖光山色，所以到現在心情也非常舒暢。

「也沒什麼了，她現在天天被嘲，都成了一個梗了，我看大家現在幫她取了個『有故事的高中女同學』的外號。」話題聊熱了，就有人開始加入。

「那她還演那個電影嗎？」

「誰知道呢，說不定出品方還感謝她為這部電影帶熱度了呢，不過我聽說傅總好像不會投資這部電影了。」

阮思嫻聽到最後一句話，瞪了瞪眼睛：「真的假的？」

男空服員也瞪眼睛：「妳不知道啊？」

阮思嫻：「我沒問過他。」

男空服員摸了摸鼻子，心想這位準老闆娘居然知道的事情還沒他多，「我聽品宣部說的，傅總在這方面一直比較低調，他應該也不想世航再跟這件事有任何牽扯了吧。」

說完，他盯著阮思嫻，試圖從她臉上看到一種「老娘男朋友為了我就是可以做得很絕」的驕傲感，來滿足他的八卦欲望。

「唉。」阮思嫻垂著眼睛，兀自笑了笑，「有錢不賺王八蛋。」

「……」

雖然她這個論點挺歪，但一屋子的人還是從她的臉上，從她的語氣裡，聽出了一股甜蜜的感覺。

因為這次是長途，中間還有轉機，所以會議開得比較久，機長把哪個地方可能會顛簸，哪裡有積雲雨需要繞開說得很詳細，而有時候說到某些需要特別注意的地方，他還會看著阮思嫻，一字一句地解釋。

阮思嫻隱隱感覺，這個機長好像特別照顧她。

再看看乘務組其他人的態度，她更是有這個感覺。

阮思嫻覺得現在身上已經不止是「傅氏所有」這個標籤了。

之前大家只是知道傅明予在追她，也沒人知道到底有沒有追到。現在因為李之槐的事情，世航官博一句「我們傅總去哄女朋友了」，等於把他們的關係公之於眾了。

「差不多了。」機長放下航線圖，說道，「我們定個暗語吧。」

他轉頭看阮思嫻，「妳說個吧。」

阮思嫻點頭，隨意地翻了下乘客名單，「董機長吧。」

暗語是每個機組航前協作會的一個小環節，是為了防止出現劫機這種意外，有人威脅空服員艙打PA通話給駕駛，騙機長打開駕駛艙的門。一旦心懷不軌的人進入駕駛艙，脅迫機長，整個飛機上的人就完了。

所以「定暗語」通常是找一個和機長以及副駕駛不同的姓，比如這次的機長姓張，副駕駛姓阮，阮思嫻說了個「董機長」。要是空服員的PA打進來找「董機長」，駕駛艙的人便可以知道客艙出現危險，能及時求救。

說了暗語，阮思嫻正要闔上乘客名單，卻突然感覺哪裡不對，又仔細看了她剛剛掃過的的VIP客戶名單一眼。

董嫻。

這個名字挺普通，她一眼掃過去甚至都沒注意。

此刻再看到，第一個反應是沒這麼巧吧？

但是下面緊跟著的另一個名字是「鄭幼安」。

「走吧。」機長起身，「登機吧。」

阮思嫻往洗手間走去，「我先去上個廁所啊。」

臨近登機時間，鄭幼安跟董嫻坐在頭等艙候機室，兩個人各做個的，都沒說話。

董嫻今天要去津興市拜訪一個老前輩，而鄭幼安則是去參加一個攝影展。

鄭幼安看著手機，候機室裡很安靜，一聲輕輕的「哎呀」很突兀。

董嫻從書裡抬頭看她，「怎麼了？」

「沒什麼，我上上網。」她繼續看了下各種社群、論壇，突然抬起頭說，「媽，妳認識李之槐吧？」

「算是吧。」董嫻聽到這個名字，皺了皺眉，「見過兩面而已。」

「我也記得之前她有找過妳，找妳什麼事啊？」

大概是兩年前的事情，鄭幼安記得李之槐拜訪過董嫻，但那時候她不紅，鄭幼安也沒放在心上。

而那件事，別人沒問，董嫻也沒心思主動說，但這時鄭幼安說起了，她就隨便提了提。

「她帶了一個導演還有編劇團隊，想以我為原型，做一部自傳電影。」

鄭幼安詫異道，「妳沒答應吧？」

「沒答應。」董嫻平靜地說，「沒什麼好拍的。」

雖然這麼說，但李之槐不是第一個找上她的電影團隊，在那之後還有兩三個，充分說明董嫻的人生經歷非常吸引這些電影工作者。

至於原因，自然是跟她的事業有關。

七年前，「董嫻」這個名字在油畫界聲名鵲起。

之後五年，其多幅畫作出現在美術界，被搬上各種展覽，引得各界專業人士追捧，獲獎無數。

兩年前，她的畫作被編錄進《世界當代著名油畫家真跡博覽大典》，從此奠定了她的藝術地位。

美女畫家，靈氣充沛，扎實的繪畫技巧把對人物內心世界的刻畫得栩栩如生，儼然是油畫界的一朵奇葩。

當然，這些名氣並非電影從業人士找到她的根本原因。

當大家追溯董嫻的過往時，注意到她成名那年，已經四十一歲，在那之前，她寂寂無名，只是一個普通的小學美術老師。

這樣的「大器晚成」，足以令業界感慨，再深挖其過去，發現她在三十七歲那年與同為小學國文教師的前夫離婚。

有記者找到她曾經的同事、鄰居那裡訪問，得知她除了曾經是一個遠近聞名的美人以外，大家對她更多的印象是好妻子、好母親，紛紛誇讚她把家庭照顧得十分好，沒人預料到她會突然離婚，對於她如今搖身一變成了大畫家，更是震驚。

這就非常戲劇性了，一個相夫教子的賢妻良母，到底經歷了什麼，才會發生這樣的巨變。但是沒人得到原因，有出版社找到董嫻，想為她出書，也被拒絕。

「拒絕得好。」鄭幼安點頭，「我覺得這個女人實在是太搞笑了。」

「妳說她跟傅明予那件事嗎？」董嫻擰著眉，低低念叨，「就算說清楚了，也改變不了他拈花惹草的習慣。」

鄭幼安沒聽到董嫻最後的嘀咕，自顧自地說：「說她炒作什麼的，我看她就是對傅明予有意思吧，好歹也是一個大明星，什麼男人沒見過，眼光這樣子，看來挑選的電影團隊也不怎麼樣。」

董嫻看了她一眼，沒說話。

跟著機長做完繞機檢查後，兩人進了駕駛艙。

等待上客的時候，機長打個電話給家裡，阮思嫻拿著手機預訂了家津興市的網紅餐廳，耳邊是機長溫柔的聲音。

「嗯，爸爸馬上要起飛了……好好好，買禮物給你……你在家聽媽媽的話，爸爸明天回來……好……你讓媽媽接電話……」

阮思嫻側頭看了他一眼，見他對著電話笑咪咪的，滿臉溫柔。

手機突然響了一下，阮思嫻低頭，是傅明予突然傳了訊息過來。

傅明予：『登機了嗎？』

阮思嫻換了個姿勢，撐著下巴打字。

阮思嫻：『嗯，剛上來。』

傅明予：『今天天氣不好，落地跟我說一聲。』

阮思嫻：『好。』

按著螢幕鍵盤，阮思嫻幾乎沒有多想就傳了一句話出去。

阮思嫻：『今天我媽和鄭幼安也在這趟航班上，世界真小啊。』

這次他沒秒回。

阮思嫻覺得他可能去忙了。

再看看自己說的內容，確實也挺無聊。

只是她也不知道怎麼回事，看到傅明予傳訊息給她，她就下意識想說一下這件事。

半分鐘後，網路訊號斷了，傅明予打電話過來了。

『妳不高興？』

聽到他的聲音，阮思嫻有一點恍神。

感覺心像一個氣球，正慢慢填充東西，緩緩下降。

「也沒有不高興。」阮思嫻說，「只是覺得挺巧。」

聽到她語氣正常，傅明予『嗯』了聲，『注意安全，我要去開個會。』

「好。」頓了頓，阮思嫻又說，「明天我回來後，來找你？」

『嗯？』傅明予似乎是笑了，說話的時候帶了點氣音，『想跟我接個吻？』

「……」

阮思嫻掛了電話。

她盯著螢幕看了一陣子，隨後才把把手機關機。

在看到乘客名單的時產生的那一點情緒波動，因為這通電話一掃而空。

下午四點抵達津興市，乘客全都下機後，阮思嫻和機長才出來。

津興市今天氣溫高達二十九度，有些反常，但卻是海邊遊覽的好氣溫。

阮思嫻問乘務組那幾個女生要不要一起去海邊玩，她們紛紛搖頭，說津興市有免稅商場，她們飛國內航班的就盼著來這裡買東西，晚上準備去掃貨。

阮思嫻只好一個人去海邊。

不過在這之前，她要先去吃飯。

訂的那家餐廳就在海邊，她不想來回跑，於是換了裙子，直接過去。

餐廳臨海而建，五面玻璃，可全方位觀海，傍晚的落日餘暉下，星星點點的燈光照得這個地方像童話世界。

坐在窗邊的位子，打開窗戶，還能聽到海風。

但因為是高檔餐廳，所以裝飾多過座位，環境算得上清雅。

阮思嫻進來後，被服務生引到預留的位子。

因為她一個人，所以坐的是小桌。

落座後，阮思嫻手機響了一下，傅明予回覆了她剛剛落地報平安的訊息。

傅明予：『嗯，吃飯了嗎？』

他平時傳訊息對話的時候還真的挺無聊的，吃了嗎睡了嗎醒了嗎像是範本一樣翻來覆去的用。

於是阮思嫻有點想逗逗他。

阮思嫻：『男朋友，問你個問題。』

傅明予：『嗯？』

阮思嫻：『我和 psrrfd，你覺得誰比較好看？』

傅明予：『？』

傅明予：『psrrfd 是誰？』

阮思嫻：『你為什麼要問 psrrfd 是誰？直接說我比較好看不就行了？』

傅明予：『……』

傅明予：『妳今天心情不好？』

阮思嫻像個傻子一樣對著手機笑出了聲。

阮思嫻：『再問你一個問題。』

阮思嫻：『你會不會嫌棄我素顏不好看？』

傅明予：『不會。』

阮思嫻：『你的意思就是我素顏不好看？』

半分鐘後。

傅明予：『今天有點欠收拾？』

看到「收拾」兩個字，阮思嫻自然而然想到了傅明予所謂的「收拾」是什麼。

她突然有點臉紅，頭髮落下來，撓得她臉頰很癢。

阮思嫻：『不說了，我要吃飯了。』

剛剛放下手機，突然聽到身後一道熟悉的聲音。

她手上的動作頓了頓，回頭望去，果然是董嫻和鄭幼安。

而她回頭的這一瞬間，正好和鄭幼安面對面。

鄭幼安也有點詫異，眨了眨眼睛。

董嫻隨著鄭幼安的目光轉過身，看見阮思嫻，雙唇微啟。

「阮阮？妳怎麼在這？」

剛剛和傅明予聊天的笑意還沒來得及收斂，人也是柔軟的。

她看著對面兩人，說道：「我過來有事。」

董嫻起身走到她面前，看著她手裡的菜單，有些小心翼翼地說：「過來一起吃飯嗎？」

鄭幼安還看著阮思嫻，這時也不知道該做出什麼表情。

這還是她們三個人第一次聚齊。

她也知道阮思嫻跟董嫻的關係好像不太好，畢竟這些年她從來沒有見過這個親生女兒。

「不用了。」阮思嫻說，「我自己吃就可以。」

自從知道阮思嫻跟傅明予在一起了，董嫻就一直想跟她好好說這件事，但每次電話裡都沒有機會說清原委，現在見面了，她不想放過這次機會，又怕阮思嫻掉頭就走，於是乾脆開門見山：「阮阮，我一直想跟妳說一下傅明予的事情。」

聽到董嫻這麼說，鄭幼安朝前靠了靠，這樣聽得清。

怎麼又來了。

阮思嫻放下菜單，心想要說就一次性說清楚吧，以後別再糾纏這個問題了。

「行，妳說。」

「前兩天我看見他跟那個女明星的新聞，他……」

「都解釋清楚了啊。」阮思嫻有點煩，「我早就跟妳說了，這是個誤會。」

「我知道這次事情是個誤會。」

「那還要說什麼呢？」

阮思嫻覺得董嫻真的有些奇怪，她都二十多歲了，交個男朋友而已，人又高又帥又有錢，哪種看了都好，不知道董嫻怎麼一次次要拿這個說事。

「我上次就想跟妳說，被妳打斷了。」董嫻說，「傅明予這個人其實沒有他表現出來的那麼好。」

又是這句話。

阮思嫻無奈地點點頭：「行吧，妳跟我說一下，他哪裡不好？」

董嫺看了周圍一眼，確定沒有其他人能聽見，才開口道：「他在男女關係上挺拎不清的，沒看見的時候就不揣測了，但他幾個月前去西班牙，就跟那邊的陌生女人不清不楚的。」

後面的鄭幼安聽到這句話，心裡「咯噔」一下，兩三步走過來，「媽，我……」

「幼安親眼看見的。」董嫺指著鄭幼安說，「他才剛下飛機呢，一看到那邊的美女就走不動路。」

鄭幼安：「……」

至於他帶女人上車了，這種事情董嫺不太說得出口。

她覺得這種行為實在太不堪。

阮思嫻臉上表情慢慢僵住，半晌，開口道：「哦，我看見帥哥也走不動路。」

「咳咳！」鄭幼安突然被自己的口水嗆住。

董嫺完全不在意鄭幼安的反應，只覺得阮思嫻到底被迷得多深，這樣了還為他開解。

「妳以為我跟妳開玩笑呢？這句話什麼意思妳不明白嗎？真的只是看看嗎？妳以為他不會把女人帶走嗎？」

鄭幼安急忙去拉董嫺的袖子：「媽，那個……」

「妳要是不信可以問她。」董嫺把鄭幼安推到阮思嫻面前，「她親眼看見的。」

鄭幼安：「……」

不等鄭幼安開口，阮思嫻突然站了起來。

「行了，我有點事先走了。」

阮思嫻雖然掉頭就走，臉色不好，但董嫻看著她的背影，心裡的一塊石頭卻落了地。

阮思嫻沒回酒店，去另一邊的沙灘上閒逛。

她心裡很煩。

不管她跟董嫻關係怎麼樣，但她知道董嫻不是信口開河的人。

阮思嫻把鞋子拎在手裡，在沙灘上踩出一個又一個腳印。

沒事的，是真的又怎麼樣，那時候他們又沒在一起，他私生活怎麼樣都是他的自由，只要他現在不浪就行了。

嗯，對，就是這樣。

阮思嫻安慰著自己，又走了幾圈。

不行，還是好煩！

她不想走了，找了個沙灘椅躺下，聽著海風，試圖平復自己的心情。

啊啊啊啊啊！傅明予你這個狗男人！

你他媽不是說喜歡我這型嗎？怎麼見到桑巴女郎就走不動路？你怎麼這麼庸俗！

阮思嫻越想越氣，偏偏一抬頭還看見幾個模特兒還是什麼的在海邊拍照。

穿著比基尼，胸大屁股大，擺著妖嬈的姿勢。

傅明予要是在這裡，是不是口水都要流三公尺長了？

阮思嫻躺在椅子上，像看情敵一樣看著那幾個模特兒，氣成河豚。

幾分鐘後，她對著遠處的比基尼拍了一張照片，傳給傅明予。

阮思嫻：『好看嗎？』

剛從辦公室出來的傅明予一邊走著一邊打開圖片看兩眼。

波光蕩漾的海水，在晚霞映照下閃著金光的海灘，還有一雙白白嫩嫩沾著沙子的腳，翹在沙灘椅上，指尖圓潤可愛。

他笑了笑。

傅明予：『好看。』

阮思嫻：「……」

她閉眼深吸一口氣。

阮思嫻：『親愛的，明天回來送你一份大禮。』

沒人知道，傅明予看到「親愛的」三個字開心了好一陣子。

傅明予：『好，等妳。』

第二十一章　喜歡

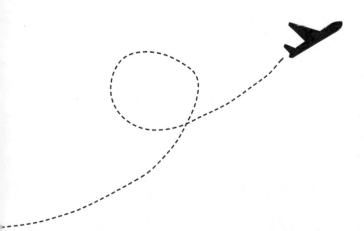

今晚最愁的是鄭幼安。

她躺在酒店床上，一下子打開阮思嫻的聊天室，一下打開傅明予的聊天室，但遲遲沒有下一步動作。

那兩人是一對，好像她不管跟誰坦白，都是一樣效果。

鄭幼安從小到大沒有陷入過這樣的困境，深深明白了什麼叫做禍從口出。

她本來只是想糊弄一下她爸爸，別再硬湊她跟傅明予兩個人，可是她沒料到阮思嫻會跟傅明予在一起，沒料到董嫻的親生女兒是阮思嫻，更沒料到董嫻就這麼跟阮思嫻說了這件事。命運的玩笑總是環環相扣。

雖然吧，鄭幼安覺得傅明予這個人不怎麼樣，但是硬拆CP是罪過，不管這個CP有多冷門呢。

況且這個CP的男主角還是個不好惹的人。

鄭幼安在床上來回滾了幾圈，然後趴著瘋狂搥枕頭。

突然又坐起來，披頭散髮地盤腿坐著，想來想去，傳訊息給宴安。

鄭幼安：『宴安哥哥，聊聊？』

此刻正值深夜十一點，酒吧音樂震天，煙霧繚繞。

宴安以為自己喝多了，看了眼手錶，確認他沒搞錯時間。

宴安：『大晚上的，妳找我聊天？』

鄭幼安：『我想問個問題，就是，假如你有一個女朋友，感情很好，然後有人在你女朋友面前污蔑你是個很浪很花心的人，你會怎麼辦？』

宴安想了想，覺得這個問題不好回答。

因為這哪是污蔑，這是實話啊。

宴安：『沒關係，誤會解釋清楚就好了嘛。』

鄭幼安：『不是，你會把那個污蔑你的人怎麼樣？』

宴安：『看看是男是女，是女的就算了，是男的我弄死他。』

鄭幼安：『那如果是傅明予呢？他會怎麼樣？』

宴安：『他嗎？心眼不大，不分男女，全都弄死。』

鄭幼安倒在床上嗚咽了一聲。

宴安：『妳怎麼又問他了？妳還放不下啊？』

鄭幼安：『別開玩笑了。』

現在可能是他不會放過我了。

第二天回程的時候下了一場雨，到了江城，雲層很低，盤旋了近半個小時才降落。

傅明予那邊的監視資訊非常準時，阮思嫻一下飛機就收到他的訊息。

傅明予：『到了？』

阮思嫻拖著飛行箱，走得飛快。

阮思嫻：『嗯。』

傅明予：『來辦公室等我？』

阮思嫻抬頭往樓上看去，隱隱能看見那層落地窗前有個熟悉的人影。

阮思嫻：『不了，我先回家，你來吃晚飯。』

傅明予收到訊息，往樓下看了一眼，嘴角浮起淺笑。

傅明予：『妳今天要做飯？』

阮思嫻：『嗯。』

回到辦公桌前，祝東打來了電話。

祝東：『今晚有空嗎？出來一起吃個飯？』

傅明予心情好，搖了搖頭，「不來了，有事。」

剛掛斷，紀延的電話又來了。

『我要去國外出差很長一段時間，晚上來吃個飯幫我踐行。』

「不去。」傅明予說，「晚上陪女朋友吃飯。」

『一起啊。』紀延說，『今天人多熱鬧，你們兩個人多寂寞。』

傅明予笑而不語，沉默兩秒後，紀延『唉』了一聲，『行吧，你們去過二人世界。』

這邊傅明予心情不錯，做事效率翻了兩倍。

阮思嫻動作也不慢，連衣服都沒換就去超市買了食材，只是她在食材和配料上花了不少心思，一個小時後才從超市出來。

回到家裡，她換了身衣服，拿著東西進廚房，毫無感情地手起刀落，砧板上的雞頭與雞身乾脆俐落地分離，並且滾到了地上。

她不常做飯，平時下廚只是煮點麵條或者冷凍水餃，偶爾想做幾個複雜一點的菜都要對照著食譜。

但今天一切卻出奇的順利，一刀刀下去，肉切得很好，很勻稱，厚度一致，看起來賞心悅目。

可能這就是帶著愛在做飯吧。

晚上七點，門鈴響起。

阮思嫻穿著修身的棕色毛衣，簡單的牛仔褲，脖子上掛著圍裙，頭髮束在腦後，就這樣出現在門口。

傅明予覺得她今天看起來特別溫柔。

「今天才回來，不累嗎？怎麼自己做飯？」他問。

「不累。」阮思嫻挑了挑眉，笑著說，「不是要給你一份大禮嗎？」

這就是她的大禮？

傅明予有些失望。

還以為是什麼呢。

她拉著傅明予進去，讓他坐沙發上，「你等一下，馬上就好了。」

見阮思嫻這樣，傅明予還有點不習慣，「需要我幫忙嗎？」

「不用。」

阮思嫻回到廚房，手腳俐落一頓操作，很快端上三個菜。

棗莊辣子雞、剁椒魚頭、水煮肉片。

看到這桌成品，阮思嫻有點震撼。

果然，人不逼自己一把，就不知道自己能有多優秀。

只是傅明予上桌後，面對滿目鮮紅，有些疑惑。

阮思嫻坐在他對面，遞一雙筷子給他，「嚐嚐，我新學的。」

傅明予握著筷子，猶豫片刻，吃了塊水煮肉片，卻沒有說話。

「不好吃嗎？」阮思嫻問。

「沒。」傅明予說，「不錯。」

阮思嫻哼了聲，又指著剁椒魚頭說，「再試試這個。」

傅明予雖然不愛吃辣，但是非常有給女朋友面子的覺悟，嚐了一口，點頭道：「不錯。」

阮思嫻又指著棗莊辣子雞，「這個呢。」

這道菜光是看就有點難以下口了。

這時候阮思嫻起身倒了杯水，傅明予以為是給她的，伸手要接，阮思嫻卻捧著杯子側了下身，「幹什麼，你還沒吃這道菜呢。」

一道菜而已，女朋友親自下廚做的，哪裡有不吃的道理。

傅明予非常給面子的吃了。

「怎麼樣？」阮思嫻又問。

「可以。」傅明予神色平靜，說完了卻放下了筷子。

「那繼續吃吧。」阮思嫻這麼說著，大有一副「你今天不吃完就是不愛我」的感覺。

如果是這樣，那她這份大禮還真的有點重——口味。

傅明予現在終於感覺到阮思嫻有些不對勁，他抬了抬眼，也沒多問，非常給面子的品嚐她的手藝。

一口口下肚，喉嚨像被火燒了一樣，背上隱隱出汗。

但他臉上卻沒什麼表情，吃得斯文，動作不算慢，很快盤子裡的菜就少了三分之一。

這副架勢看得阮思嫻都相信這幾道菜是真的不錯了。

我是讓你來品嚐美食的嗎？

阮思嫻感覺自己一拳打在了棉花上，氣沖沖地拿起筷子嚐了一口。

她吃得快，還沒品嚐到其他味道，首先一股辣味從嘴裡衝到腦子裡，瞬間雙眼開始飆淚。

傅明予把水杯遞給她，她立刻接過，喝了兩口才沖淡嘴裡的味道，還半張著嘴猛吸氣。

傅明予好整以暇地看著她，眉梢微吊，看起來竟有幾分嘲笑的樣子。

「下次少放點辣椒，明明自己也不能吃辣。」

阮思嫻很有氣勢地把杯子擱桌上，「你不是喜歡辣的嗎？」

傅明予抬眼看著她，「誰跟妳說我喜歡辣的？」

看了桌上的菜一眼，又補充，「我飲食習慣偏向於清淡，妳不是第一次跟我吃飯，不知道嗎？」

阮思嫻冷笑：「我看你昨天看見辣妹還挺喜歡的。」

那句「好看」，差點沒把她氣死。

傅明予瞇了瞇眼，努力回想。

他昨天幾乎都待在辦公室，連吃飯都是餐廳的人送進來的，見過的人除了柏揚就是幾個中層管理，都是到了植髮或者帶假髮的年齡了，哪裡來的辣妹？

「我見過嗎？」

阮思嫻瞇著眼睛，眼神危險。

裝，還裝。

這麼會裝怎麼不把種族改成塑膠袋呢？

沉默中，傅明予回想起些事情，「妳說昨天那種照片嗎？」

他不緊不慢地拿出手機，找到圖片，這次注意力不在阮思嫻的腳上了，往右上角一看，果然有四五個比基尼女人在那裡搔首弄姿。

阮思嫻一副「看你怎麼解釋」的樣子盯著他。

傅明予垂著眼睛，看著手機，不緊不慢地說：「是挺好看。」

阮思嫻深吸一口氣，「你——」

「不過我說的是妳的腳。」

阮思嫻：？

阮思嫻拿出自己的手機，看了看，她的腳丫子果然出鏡了。

「不是，誰讓你看我的腳了？」阮思嫻問，「你戀足癖嗎？」

傅明予放下手機，夾著菜，平靜地說：「戀足癖倒不至於，不過是妳的話，我可能不只是戀足癖。」

「……」

他到底是怎麼做到說這種話的時候雲淡風輕到好像只是在說「今天天氣不錯」的？

阮思嫻呼了口氣，感覺自己的臉頰有些熱，不知道是今天吃的太辣還是他說話太騷。

反正自己現在是沒辦法跟他正常交流了。

阮思嫻喝了口水，非常鄭重地說：「你昨晚睡得好嗎？」

傅明予放下筷子，自己去倒了杯水，喝了口，坐到阮思嫻身邊，說道：「妳有話直說吧。」

阮思嫻想了想，那就直說吧。

「我昨天很煩。」她看著傅明予，「因為呢，我昨天聽了點關於你的流言。」

「嗯？」傅明予不鹹不淡地說，「什麼流言？」

「有人說你還挺浪的，一到國外就沒了限制，沉迷於辣妹美色，哦，可能還把人帶走了，春風一度什麼的。」

這種話聽到耳裡，傅明予沒什麼太大的波動，抬了抬下巴，「妳繼續。」

阮思嫻心想他怎麼就沒點反應呢，「你就沒有要說的嗎？」

傅明予：「我想先聽妳說完。」

「細節我也不知道了啊。」阮思嫻說，「然後我昨天就在想，這是不是真的，畢竟跟我說這事的人，也不是那種血口噴人的人。」

阮思嫻說完就停下來，等傅明予的回答。

她眼睛也不眨地看著他，心像是懸在半空中。

本以為自己能很平靜很理智地問他這個問題，但其實不是。

阮思嫻發現自己還挺緊張的，至少她感覺得到，她比想像中更在乎這個人。

而傅明予也不知道自己最近是得罪了誰，竟然給他造這種謠。

想了想昨天阮思嫻會遇到什麼人，這個答案好像不困難。

他拿起電話，開始翻通訊錄。

「你幹什麼？」阮思嫻問。

「鄭幼安說的是嗎？」傅明予說，「我跟她打電話求證，我倒想問問她什麼時候看見的。」

眼看著他已經找到鄭幼安的電話撥出去了，阮思嫻伸手去搶他手機，「欸！不用！」

傅明予卻舉高了手，開了擴音，鄭幼安的鈴聲響了起來。

「別打，真的別打！」阮思嫻往他身上撲，抱著他的手臂搶手機，「你快掛掉！」

傅明予另一隻手順勢攬住她的腰，把她按在懷裡。

阮思嫻抬頭，與他四目相對，他低沉的聲音在耳邊響起。

「就這麼不相信我？」

呼吸突然纏在一起，阮思嫻倏地停下動作，手慢慢垂下來，放在他的肩上。

「也不是不相信你。」她別開臉，低聲呢喃，「像你這麼……會接吻的，適當懷疑你很風流也很正常。」

「嗯？」傅明予挑了挑眉，「妳說什麼？」

阮思嫻不知道他是真的沒聽見還是裝沒聽見，趁他不注意，突然伸手去掛掉電話。

「是個女人聽到這些都會生氣。」阮思嫻扭住他的襯衫，說道，「但我只想聽你解釋一下。」

傅明予慢吞吞地放下手機，另一隻手抱著她，一字一句道：「沒這回事，我沒做過。」

阮思嫻垂著眼睛想了想，點了下頭。

行，沒有就好。

但傅明予卻想問下去：「她是說一起去西班牙那次嗎？」

阮思嫻覺得這件事也瞞不住傅明予，所以不跟他裝了。

「嗯。」

傅明予捏了捏她的臉，低聲道：「我那時候滿腦子都是妳，怎麼可能去看別的女人。」

這話乍一聽，還挺甜的。

可是——

阮思嫻掮他肩膀，「別油嘴滑舌，那時候我們什麼關係啊你就滿腦子是我。」

說完，她見傅明予直勾勾地盯著她，似乎明白了什麼。

「真的？」

傅明予勾了勾她的要，讓她靠近了些。

「真的。」

阮思嫻胸口慢慢地有些漲，「你從那個時候就……」

「不是。」傅明予說，「比那個時候更早。」

「嗯？那是什麼時候？」

「第一次見到妳的時候。」

話音落下，空氣突然安靜。

兩雙眼睛看著對方，有些許尷尬。

「不是。」傅明予補充道，「我是指，今年第一次見面。」

「……」

「可能妳沒看見我，但是我在航廈樓上看見妳了。」

「……」

其實傅明予自己也沒想過這個問題。

只是當阮思嫻這麼問了，他下意識就有了這個回答，是不禁思考，心裡給出的最直接的答案。

但如果不是那樣，或許以他的脾氣，阮思嫻早已經死了八百次了。

原來是這樣啊。

阮思嫻勾了勾唇角，「原來你那麼早就對我圖謀不軌了，挺能忍啊。」

「妳才知道我能忍？」傅明予說，「我現在不也忍著嗎？」

他語氣裡有點不那麼正經的味道，阮思嫻想如夢初醒般低頭，才發現自己竟然一直坐在他腿上，被他摟著腰。

她別開臉，想站起來，卻被他箍住。

「妳呢？」

阮思嫻盯著他，沒說話。

傅明予：「嗯？」

阮思嫻知道他問的什麼問題。

——妳是什麼時候喜歡我的？

可是阮思嫻是真的不知道。

她唯一能找到的一個感情節點，就是答應做他女朋友那天。

她本來對戀愛的需求就不大，來了個宴安覺得還可以，接觸後卻發現也不是那麼一回事，想法就更淡了。

而且她從爸媽離婚後就覺得，相處了十幾年，連孩子都那麼大了的一對夫妻，也能說散就散，那麼多年的時間全都付諸東流。

更何況沒有結婚證書做支撐的戀情，太虛浮了，還沒她任務書上一點點增加的飛行時間來得實在。

但是傅明予這個人很奇怪，那次在停車場問她是不是說的氣話時，她腦子裡竟然萌生了一種很強烈的想跟這個人試一試的衝動。

不知道為什麼，傅明予這個人對她有一種奇怪的吸引力。

明明一開始天天被他氣到炸毛，像兩個同極的磁鐵。

可是不知道什麼時候他悄悄調轉了方向，不需要外力，就能讓她靠近他。

傅明予還在等她的回答，直勾勾地看著她。

阮思嫻手指慢慢蜷縮起來，指尖燙燙的。

她低著頭，靠近他耳邊，輕聲說：「不知道。」

她頓了頓，又說：「反正現在挺喜歡的。」

說完後，她覺得自己挺對不起男朋友的，怎麼能連這種問題都回答不上呢。

於是，幾乎是帶有安慰性質地，親了親他的耳垂。

男人的肩抽動了一下，同時伴隨著他吸氣的聲音。

阮思嫻發現，他的耳垂很軟，比想像中軟得多，讓人忍不住想咬一下。

想到什麼就做什麼。

她真的輕輕咬了一下，扶在她腰上的手突然收緊，讓兩個人緊緊貼在一起。

「你耳朵這麼敏感嗎？」阮思嫻抬手，指尖在他喉結處畫圈，「這裡呢？」

傅明予突然握住她的手，擰著眉看她，眼神沉得可怕，聲音帶了點警告的意味，「阮思嫻，妳今天要是想好好吃飯就別動我。」

「……」

我阮思嫻這輩子最討厭被威脅了！

她掙脫傅明予的手，埋頭去親他的喉結。

他不受控制般仰了仰頭，修長的脖子繃緊，細密溫熱的感覺傳遍全身。

「嘶──」

他突然扣著她腦後，逼迫她抬起頭來，吻了上去。

阮思嫻閉上了眼，沉迷在他的吻中，但意識還清醒著，明顯感覺到貼著她大腿的地方不對勁。

就在這時，傅明予放在桌上的手機突然響了，鈴聲在這時候顯得特別刺耳。

沒人理，鈴聲自動停了。

可是過了一下又響了起來。

阮思嫻皺了皺眉，推開他，「你手機響了。」

傅明予喘著氣，盯著她看了兩秒才伸手去拿手機。

他側著頭看了一眼，來電顯示──「鄭幼安」。

若是平時，傅明予會直接掛掉。

但他想著今天的事，轉頭看阮思嫻，「妳要聽嗎？」

阮思嫻知道他是什麼意思，想了想，搖頭。

不需要了。

傅明予直接掛了電話，並且按了靜音。

兩人再次四目相對，氣氛變得更熱烈。

阮思嫻已經很明顯地感覺到他的反應越來越大。

她心頭猛跳，胸口起伏劇烈。

傅明予閉了閉眼，理智漸漸消失。

去他媽的理智，這是我女朋友。

再睜眼時，他看阮思嫻的眼神很熱切，湊過去，靠在她耳邊想說什麼。

但是話到了嗓子眼，卻又想到現實情況。

她家裡肯定什麼都沒有。

於是他抓住她的手，放在唇邊親了親。

「寶貝，幫幫我？」

雨後傍晚，天已經全黑。

空氣裡有青草的清新味道，伴隨著樹葉的「沙沙」聲，被風透過窗戶縫送進來，一絲絲的涼爽拂到脖子上，貼著涔涔的汗意鑽進毛孔，驟然舒張。

房間裡有低低的響動。

黑暗裡，阮思嫻感覺到自己貼身的衣服已經被汗水打濕，黏在身上很不舒服。

「嘶——」傅明予皺眉，手掌按住她的後頸，聲音低啞，「寶貝，妳輕點。」

「你閉嘴。」

阮思嫻的頭埋在他脖子裡，緊緊閉著眼睛，另一隻手用力拽著他的衣角，輕微地顫抖。

她咬著牙，極壓抑地低聲說：「你怎麼還沒好……我很累了……」

傅明予低頭，吐出的氣息很燙，細密地親她耳垂。

她貼著他的脖子，關了燈的房間黑漆漆一片，放大了嗅覺和聽覺，一切都很清晰。

他身上的味道不由分說地包圍著阮思嫻。

分明是清冽的冷杉味道，此時帶著一股灼熱的感覺。

空氣裡氣息或壓抑，或熱烈，此起彼伏。

阮思嫻的手心有一層薄薄的繭，肌膚卻是細膩的。

溫柔與細微的粗糲感並存，每次動作都像在挑動緊繃的弦。

阮思嫻的呼吸越來越緊，緊張得睫毛都在顫抖，失去了對時間的度量。

不知過了多久，手臂突然一僵。

她抬起頭，黑暗中看見傅明予緊閉著眼睛，眉心微顫，額頭上滲著細密的汗，卻下意識傾身吻住她。

阮思嫻半張著嘴，任由傅明予在她唇間輾轉，一時忘了呼吸。

在他緩緩睜眼的時候，她瞬間拉回了意識，一把推開他飛快起身朝洗手間跑去。

昏暗的房間裡，傅明予靠在沙發上，長長地吐了一口氣，慢條斯理地整理衣服，用紙巾收拾弄髒的沙發。

丟了紙巾後，他走到牆邊，抬手開燈，亮光瞬間照亮了整個客廳。

洗手間裡的水聲從門縫裡透出來，持續了很久。

傅明予站到門邊，試圖打開，卻發現被反鎖了。

他斜靠著牆，輕輕敲了下門，「還不出來嗎？」

「要你管！」

阮思嫻早就洗完了手，但是看見微紅的掌心，呼吸還是沒有平復下來。

看著鏡子裡的自己，臉頰潮紅，幾根被汗水浸濕的頭髮貼著脖子，好像她才是被擺弄的那個人一樣。

太累了！怎麼比操縱駕駛杆還累！

幾分鐘後，她打開門，眼前的傅明予襯衫服服貼貼的，不見一絲皺褶，連領口都一絲不苟。

怎麼能有人剛剛還是一副要死要活的樣子，卻能在十分鐘內恢復得像能立刻登上新聞主播臺一樣？

阮思嫻低著頭擠開他，「你走開，別擋我的路。」

她走到客廳，傅明予的外套就丟在沙發上，剛剛似乎是被她壓著了，亂糟糟地攤著，袖子還是皺巴巴的。

燙。

她彎腰準備拿起來的時候，看見垃圾桶裡的紙巾，還隱隱有一股難以言說的味道。

她本來耳朵就是紅的，看到這一幕，太陽穴又突突突的跳起來，抓住外套的手心持續發燙。

下蠱了，絕對是下蠱了。

她多矜持，多符合社會主義和諧價值觀的女青年，居然被他誘惑著做了曾以為一輩子不會做的事情。

傅明予在一旁繫領帶，修長的手指俐落地收緊，側頭見阮思嫻拿著他的外套，說道：「寶貝，把外套遞給我一下。」

阮思嫻想到他剛剛在她耳邊一聲聲地叫著「寶貝」，火一下子燒到臉上，立刻把外套扔到他頭上。

「以後自己的事情自己做！」

傅明予有些莫名，裝作沒聽懂阮思嫻的話，把外套取下來，搭在臂彎，上前一步撥了下阮思嫻的頭髮。

「嗯，那我回公司做事。」他垂頭看了阮思嫻一眼，「早點休息，妳看起來挺累的。」

阮思嫻：「……」

怪誰？怪誰！

傅明予走後，阮思嫻回到餐廳收拾桌子。

剛動手，就聽見「啪」一聲，一個碗摔回桌子上，還滾了兩圈。

阮思嫻眼疾手快，立刻彎腰接住才防止損失一個碗。

然而她接住後，卻閉了閉眼，心裡很無奈。

突然有一種五十公斤臂推白做了的感覺。

洗了碗回到書房，阮思嫻拿出考試資料，戴上耳機，準備清心寡欲地備考。

但是寫題目的時候，她發現自己寫出來的字歪歪斜斜的，這手就像不受控制一般。

不會有下次了。

下次我就是斷臂維納斯。

手機突然進來一則訊息。

鄭幼安：『……』

阮思嫻：『？』

發現自己沒有被拉黑後，鄭幼安立刻把準備好的 txt 傳了過去。

鄭幼安：『我先跟妳說聲對不起，剛剛打電話給傅總一直沒接，就昨天那事，是我胡說的，妳千萬別當真。我坦白我的動機：我只是不想我家裡撮合我跟傅總所以造了個謠，我當時是確定家裡人不會說出去的，沒想到還是傳到妳耳朵了，我真的沒看過什麼，那次去西班牙下飛機後我們就分道揚鑣了，全是我亂說的。』

傅明予否認後，阮思嫻就想過，到底是鄭幼安看錯了還是她故意這麼說的。

前者可能性比較大，畢竟鄭幼安再討厭傅明予也不至於黑他。

但沒想到還真的是這樣。

見阮思嫻沒立刻回訊息，鄭幼安小心翼翼地敲出幾個字。

鄭幼安：『你們該不會是吵架了吧？』

阮思嫻還沒想好說什麼，對方又傳來。

鄭幼安：『你們該不會還動手了吧！』

「……」

還真的動手了。

鄭幼安：『這件事是我的錯，你們要是真的分手了，我賠妳一個男朋友！』

鄭幼安：『年輕單身總裁不多，但是即將上任的有！』

阮思嫻：『不用了姐。』

鄭幼安：『不不不，該我叫妳姐。』

阮思嫻：『我們沒事！』

鄭幼安：『不用客氣，是我多嘴惹了事，我應該賠償一下。』

鄭幼安：『？』

鄭幼安：『你們沒事啊？』

傅明予之前忙著，沒空接鄭幼安電話，鄭幼安自然是害怕了，以為他暴怒，遊走在違法的邊緣，也就不敢再打電話給他，轉而去找阮思嫻負荊請罪。

阮思嫻知道了事情的始末，想了想，還是應該跟傅明予說一聲，免得他事後回想起來做出什麼傷天害理的事情。

只是她刻意隱瞞了鄭幼安黑他的原因，說是她喝多了胡說的。

『她說現在隨便你想怎麼樣，要殺要剮隨便你。』

「嗯。」傅明予一手接著電話，一手飛快簽名，淡淡地說，「嗯，知道了。」

以阮思嫻從小說和電視劇中對霸總的瞭解，語氣越是平淡，就代表越憤怒。

『你生氣了？』

傅明予：「有點。」

霸總的「有點」自然不能跟一般人的「有點」比。

阮思嫻又問：『你是不是在考慮怎麼報復她了？』

傅明予輕笑，「不至於。」

從今年六月至今，三線城市鄭家旗下的五星級酒店幾乎已經全部閉店，二線城市的占有率也岌岌可危。

外界不一定看得出來鄭家的式微之勢，但作為長期合作方，傅明予能從方方面面窺探其中一二。

況且從兩年前鄭家撮合他跟鄭幼安的時候，他就已經感覺到鄭家的情況不容樂觀。

傅明予抬了抬眼，迅速先簽了個名，「不想跟她計較。」

『哦，這樣啊。』阮思嫻在電話那頭笑了起來，『你還挺大度啊。』

「我覺得我大不大度，妳應該是最有體會的一個人。」

阮思嫻輕哼了聲，『我去看書了。』

傅明予：「嗯？這麼晚了還看書，妳精神還挺好？」

『……傅明予我告訴你，以後你休想進我家門。』

掛了電話後，傅明予笑了笑，放下鋼筆，柏揚上來收走文件。

傅明予起身，看了眼時間，轉頭問柏揚，「我媽回家了？」

「夫人剛下飛機。」

傅明予點點頭，讓柏揚吩咐司機，今晚回湖光公館。

他比賀蘭湘要先到幾分鐘，豆豆靠在他腳邊，翻著肚皮求撓。

傅明予陪牠玩了一下，正要上樓換衣服，門口就有了動靜。

賀蘭湘滿面春光地走進來，穿了件水亮的人工皮草，往燈下一站，整個人閃得像剛從百老匯舞臺上下來。

她看見傅明予在家，停住腳步，站在原地，上下打量著他，「喲，這誰呀？走錯家門了吧？」

又回頭朝司機招手：「我家有陌生人非法闖入，趕緊報警啊。」

拎著行李箱進來的司機忍不住笑。

傅明予冷眼看著她，解開袖口，朝她走去。

他有時候懷疑自己是不是體質有什麼問題，身邊的女人一個比一個牙尖嘴利。

賀蘭湘搖搖曳曳地走到桌邊，從包裡拿出一個寶藍色絲絨盒子，從裡面取出一條項鍊，掛在手指上，轉身面向傅明予，抬了抬下巴，「看看。」

傅明予掃了一眼，對這種女人鍾愛的東西不太有興趣。

「很漂亮。」

「漂亮需要你說，我沒眼睛嗎？」

賀蘭湘晃了晃項鍊，落地燈下，吊墜發出淡淡的光芒。

傅明予抬了抬眼，「超出預算了？」

「……」賀蘭湘一把收起項鍊，「俗！」

把項鍊仔細地放回盒子裡後，她才說道：「本來我這次去那邊只是想看個畫展，可是萊斯特先生聽說我過去了，非要我參加他的宴會，我本來不想去的，但人家都親自來請了，我不能不給面子吧？」

傅明予點點頭，沒接話。

這個萊斯特先生他聽賀蘭湘提過，是英國的新銳的珠寶設計師，今年年初跟國內的某個珠寶品牌簽約，從此便常駐國內。

「然後我誇了誇他今年獲獎的項鍊，結果他二話不說就送給我了，盛情難卻，我推都推不掉。」

賀蘭湘揉了揉太陽穴，「我本來想低調的，結果他這麼一來，宴會上所有女人都盯著我看，真麻煩。」

傅明予聞言，有了想法，慢慢走到桌邊，再次打開那個盒子，打量裡面的項鍊。

賀蘭湘還在後面表達煩惱，「唉，你知道瞿尋雁的吧，她通常都帶佛珠的，對這些不感興趣，是陪著她妹妹去的，結果今天也盯著我看了幾眼，搞得我很不好意思。唉，也是呢，這麼美的東西，哪有女人不喜歡呢？」

話音落下的同時，傅明予闔上蓋子，轉頭問：「賣給我，行嗎？」

當賀蘭湘明白傅明予想幹什麼後，她捂住胸口猛吸氣，差點站不住：「傅明予你還有沒有良心！我辛辛苦苦把你養大，你就這麼對我！」

耶誕節那天，阮思嫻在飛機上度過。

元旦前一天，卞璿找阮思嫻逛街。

兩人走在路上，看著滿大街的新年裝飾，都有些後背發涼。

「我一想到以前我還是普通空服員的時候，一到國慶、元旦還有春節的時候，我就渾身起雞皮疙瘩。」卞璿挽著阮思嫻的手，慢悠悠地走著，「我從大學畢業到轉私飛，四年時間都沒有回家過過一次年，年年把人家送回家，我們就縮在酒店，連外送都沒有，吃點泡麵完事，想想那真不是人過的日子啊。」

說著，她拍了拍阮思嫻的肩膀，「好在我解脫了，妳還有的熬哦。」

節假日，對其他人來說，意味著放假，意味著休息，但對航空業的人來說，就是修羅場。大家都恨不得節假日別來，更沒什麼心情過節送禮物，久而久之對節日的儀式感就淡了。

阮思嫻有些睏，喝著飲料，漫不經心地用視線逛街。

途徑一家奢侈品男裝店時，她停下了腳步。

「怎麼啦？」卞璿順著她的視線看過去，「想買新年禮物給妳男朋友啊？」

阮思嫻沒說話，雙腳自動走進去了。

門口兩列服務員端著酒水毛巾迎上來，把阮思嫻和卞璿帶到了新款區。

阮思嫻看了一圈，目光最後落到領帶上。

透明櫃子裡擺了二十幾條領帶，款式大多偏低調，阮思嫻看了幾分鐘，搖了搖頭。

「算了。」

「不喜歡啊？」卞璿說，「我覺得挺好看啊。」

「好看是好看，但他的領帶好像都是訂製的。」

「這有什麼，重點在心意。」卞璿把她拉回去，「妳送的，他敢說不喜歡嗎？」

阮思嫻想了想，眉梢揚起，「他不敢。」

買了一條黑色暗紋領帶，阮思嫻小心翼翼地放進飛行箱，鋪了一層羊絨披肩，輕輕地拍了下。

唉，傅明予，你要是敢說不喜歡，這根領帶就是你的索命繩哦。

十二月三十一號當天下午六點，阮思嫻執飛的航班返航。

最後一個乘客下機後，機長帶著阮思嫻走了一遍客艙，逐一檢查。

「唉，又一年過去了啊。」機長拍了拍行李架，聽到聲音覺得很安心，「一年年的忙碌，什麼時候是個頭喔。」

走出客艙，安全員還有乘務組都擠在機組樓梯上互道新年祝福。

停機坪的風很大，阮思嫻的頭髮被吹亂，拿出放在手上的圍巾一邊裹住脖子，一邊朝機組車走去。

她讓乘務組穿著裙子的空姐們先上了車，和機長等在後面正要踩上去時，遠處突然傳來喧鬧聲。

阮思嫻和機長扭頭望過去，上了機組車的人也探出頭來看。

「哎呀，好像在鬧事欸！」

「大過年的誰在鬧啊？」

「是在打架嗎？」

「好像是機組那邊。」

有一個人想過去看看，阮思嫻攔住她，說道：「有安全員去解決的，天這麼冷妳別感冒了。」

機組車經過那邊時，鬧事的人已經被帶走了。

離開機場回到世航大樓後，阮思嫻和機長去飛行部交飛行任務書，遇到裡面的人在慶祝新年，於是多待了一下。

出來時，阮思嫻收到傅明予的訊息，他說他已經開完會了，馬上就離開會議室，叫她去辦公室找他。

於是阮思嫻便往那邊去。

走了幾步，她突然看見前方玻璃走廊裡站著一個男人，他雙手撐著牆面，弓著腰，頭埋得很深。

這人並不是陌生人。

他是阮思嫻那個高中校友，是個機務，兩人平時遇到也會聊上幾句。

他好像……在哭？

阮思嫻慢慢走近，站到他身後，拍了拍他的肩膀。

「譚山？」

譚山回頭，眼眶紅著，見是阮思嫻，又立刻扭回頭去。

「你怎麼了？」阮思嫻問，「出什麼事了嗎？」

譚山依然保持著剛剛的姿勢，撐著牆，肩膀卻在抖。

阮思嫻站了一下，見他好像不願意說，於是打算轉身走。

不過念頭剛冒出來，譚山就開口了。

「太沒意思了。」他的聲音啞啞的，有點哭腔，「上個班，賺個錢，真的太沒意思了。」

「怎麼了？」阮思嫻想到什麼，又說，「剛剛停機坪那邊是你出事了嗎？」

譚山吞下一口氣，嗓音哽咽，「對，我打人了，老子實在忍不住了。」

阮思嫻：「嗯？」

譚山回頭看她，憋紅的雙眼佈滿了血絲。

他幾欲開口，話語咽了又咽，緊抿著唇角，下巴微抖。

阮思嫻感覺，他似乎有一根弦繃著，很快就要斷了。

「明天就是新年了。」阮思嫻說，「新的一年什麼都是新的，沒什麼過不去的。」

她本想安慰一下，沒想到這句話挑到了譚山的敏感神經，突然靠著她的肩膀，放聲嚎了出來。

「屁的新年都會好！都不會好！好不了的！」

阮思嫻被嚇得動都不敢動。

不是，說好了成年人的崩潰都是默無聲息的呢？大哥你怎麼回事？

而譚山情緒崩潰，也不管眼前的人是誰，只想找個肩膀靠一靠。

「太難了，我太難了，這他媽是人過的日子嗎？我女朋友天天催我買房子，明年不買房就不等我了，要回老家去相親了，我他媽也想買房子啊可是我買不起啊！一個月薪水就那麼點，要吃飯要生活還要給爸媽，我上哪買房子！」

阮思嫻僵著背，不知道說什麼，只能乾巴巴地說：「那你為什麼打人？」

「我受不了那個章機長，什麼東西啊！次次都不記得關雷達，我們機務的命不是命嗎？那輻射誰受得了？我買不起房子還想多活幾年呢，跟他說了幾次他都忘，不把我們機務當人是嗎！」

「呃……」

阮思嫻每次上機，有的機長會提醒她降落的時候記得關雷達，這個對引導飛機停穩的機務傷害很大，但有的機長不會提醒，甚至機長自己都會忘記。

阮思嫻的衣服被他抓緊了，能感覺到肩膀那裡有一片濕潤。

「太沒意思了，這工作有什麼意思！」他一開始只是哽咽，現在完全是發洩，「挨輻射不說，還天天揹鍋，媽的川航那次事情媒體也全都報導是機務檢修不仔細導致擋風玻璃破裂，操啊關機務屁事啊！那他媽是原裝飛機機務動都沒有動過！」

當他的崩潰越來越止不住時，阮思嫻也不知道該怎麼辦。

她們是異性呢，關鍵這裡是她男朋友的公司呢，這樣子不太好吧！

「那個……」阮思嫻慢慢推開他，「有事我們慢慢說……」

被她一推，譚山乾脆蹲到地上，抱著頭，沉浸在自己的悲傷中。

「工作還是不能丟……我什麼都不會了……」

阮思嫻害怕等一下譚山就一個仰臥起坐靠她肩膀上，於是退了一步，說：「我先——」

手機突然響了一下，阮思嫻心頭莫名一跳。

她拿出來看，果然是傅明予的消息。

傅明予：『抬頭。』

這兩個字像機器指令一樣，阮思嫻立刻抬起頭。

透過玻璃長廊，她看見對面總監辦公室的落地窗前站著一個人。

「……」

阮思嫻嘆了一口氣，收起手機。

譚山捂著臉，「對不起……我說多了……不好意思讓妳在這裡聽我抱怨。」

「我還有點事，那我先走了啊。」

哄男朋友去了。

進傅明予辦公室前，阮思嫻頓了一下，調頭去一個女助理旁邊，蹲下來打開飛行箱，把裝著那條領帶的盒子拿出來。

飛行箱託管給女助理後，她背著手，把盒子藏在身上，輕聲走進去。

傅明予站在窗前打電話。

見阮思嫻進來，他側頭，抬了抬手，示意阮思嫻等一下。

阮思嫻坐到沙發上，把盒子藏到身後。

等傅明予打電話的那幾分鐘，她坐得十分端正，像一個小學生。

電話打完，傅明予轉身朝她走來。

他坐到她旁邊，伸長了腿，姿勢放鬆，卻沒說話，翻著手機不知道在看什麼。

看起來好冷漠哦。

阮思嫻靠近了些，「傅總？」

他沒說話，依然翻手機。

阮思嫻扯一下他的袖子，「男朋友？」

他還是沒說話，連眼睛都沒抬一下。

阮思嫻舔了舔唇角，又靠近了些，「哥哥？」

指尖的動作突然一頓。

傅明予側頭，看著阮思嫻，眸子裡漾著微亮的光，微不可見地挑了挑眉。

但他依然沒說話，只是直起腰，俯身朝桌面伸手。

阮思嫻拉住他的衣角。

「剛剛我碰到我高中校友了，他有點情緒崩潰，然後——」

突然，一個寶藍色絲絨盒子出現在她面前。

蓋子彈開，裡面一條項鍊映著瑩潤的光芒，吊墜不大，是精緻的六角形。

「新年禮物。」

阮思嫻張了張嘴。

明明只是一個新年禮物，卻被一股細膩的幸福感擊中，慢慢蔓延著，不知不覺蕩滿心間。

「我……」她有些不知所措，「我也不缺……」

「缺的必需品還叫禮物嗎？」傅明予把項鍊取下來，伸手繞過她的脖子，戴了上去。

阮思嫻眼睛一眨也不眨地看著傅明予，忘了去看自己的新年禮物一眼。

傅明予手指順著鍊條滑到吊墜上，輕輕撥弄了一下。

「雖然我聽妳說過妳不喜歡這些——」

「我喜歡呀。」

阮思嫻脫口而出。

因為是你送的，所以喜歡呀。

——《降落我心上》未完待續——

高寶書版集團
gobooks.com.tw

YH 127
降落我心上（中）
作　　者　翹搖
責任編輯　吳培禎
封面設計　Ancy Pi
內頁排版　賴姵均
企　　劃　何嘉雯

發 行 人　朱凱蕾
出　　版　英屬維京群島商高寶國際有限公司台灣分公司
　　　　　Global Group Holdings, Ltd.
地　　址　台北市內湖區洲子街88號3樓
網　　址　gobooks.com.tw
電　　話　(02) 27992788
電　　郵　readers@gobooks.com.tw（讀者服務部）
傳　　真　出版部(02) 27990909　行銷部 (02) 27993088
郵政劃撥　19394552
戶　　名　英屬維京群島商高寶國際有限公司台灣分公司
發　　行　英屬維京群島商高寶國際有限公司台灣分公司
初　　版　2023年03月

本著作物《降落我心上》，作者：翹搖，由北京晉江原創網絡科技有限公司授權出版。

國家圖書館出版品預行編目(CIP)資料

降落我心上/翹搖著. -- 初版. -- 臺北市：英屬維京群島商高寶國際有限公司臺灣分公司, 2023.03
冊；　公分. --

ISBN 978-986-506-672-7(上冊：平裝). --
ISBN 978-986-506-673-4(中冊：平裝). --
ISBN 978-986-506-674-1(下冊：平裝). --
ISBN 978-986-506-675-8(全套：平裝)

857.7　　112002306